脚本　古沢良太
ノベライズ　木俣 冬

コンフィデンスマンJP〈運勢編〉

扶桑社文庫
0702

本書はドラマ「コンフィデンスマンJP〈運勢編〉」のシナリオをもとに小説化したものです。小説化にあたり、内容には若干の変更と創作が加えられておりますことをご了承ください。

目に見えるものが真実とは限らない。
何が本当で何が嘘か。
福引を引くと、
必ずいらない景品が大当たりする僕は果たして、
ツイているのか、いないのか。
今日のラッキーアイテムは河童です
と言われた私は、一体どうすればいいのか。
パワースポットの近くに住んでいる人は
つねにパワーがみなぎっているのか。
真実は神のみぞ知る――。

コンフィデンスマンの世界へ、ようこそ!

プロローグ

コンフィデンスマン――いわゆる「信用詐欺」を生業（なりわい）とするダー子には、いくつもの顔がある。

そのひとつに、富裕層の相談相手のような仕事があった。

知的なヘアメイクを施し、清楚で真っ白な衣装を身につけ、この〝顔〟のためだけに借りている部屋――書物以外に何もない――で、相談相手とふたりきりで語り合う。

ダー子はまた、いくつもの部屋（アジト）を持っている。

彼女が白い部屋で行っていることは占いではない。あくまでも話し相手である。カウンセラー、もしくはコンサルタントといったところか。

古今東西の識者の書物などを参照しながら人生哲学を語り合うのだ。

その日の客は、博士号を取得しながらも確たる職につけず、このまま研究を続けるか人並みに家庭を持つか岐路に立つ三十代のやせぎすの男だった。

執筆した論文でかなり高い評価を受けているにもかかわらず、暮らしぶりはちっとも上向かないと、お金もないのに法外なカウンセラー料を払ってまで相談にやってきたのだ。

脂肪が少なく骨の輪郭がくっきりした顔立ちを見て、ダー子は極上の微笑みを浮かべながらこの言葉を贈った。

「人生を支配するのは運であり、英知にあらざるなり。マルクス・トゥッリウス・キケロ」

第1章

ダー子はがむしゃらに働く性分ではない。また、ひと仕事で扱う額が相当なものなのであくせくする必要もないから、基本的には兼けもちをしない。でも、富裕層をターゲットにしたコンサルタント的な仕事はレギュラーとしてもっている。ここからオサカナ——詐欺の標的——の情報を手に入れることもできるからだ。

ガリガリにやせ細った貧乏研究者だって、いつかノーベル賞をとって名をあげ、想像もしなかったオサカナ筋の人物とのパイプを築くかもしれない。

この出会いがいつか収穫に結びつきますようにと念じながら男を見送ると、ダー子は白い清楚な服を脱ぎ捨ててTシャツに着替え、その上にバッジがたくさんついているNASAのMA‐1のような色鮮やかなブルーのフライトジャケットとパンツを身につけた。

前髪厚めの内巻きにブローしたマッシュルームヘアにし、清楚なメイクを落としてほぼすっぴんに。これで男か女かわからないボーダーレスな雰囲気のでき上がり。

スニーカーを履き、オサカナと待ち合わせをしている都内の高級レストランへタクシーで向かう。

これから資産五十億円ともいわれるアプリ会社の社長、松崎と会食だ。松崎が予約した——一般人ではなかなか予約のとれない——五つ星レストランの個室に入ると、詐欺仲間のボクちゃんがすでに到着していた。彼もまたダー子とまったく同じブルーのフライトジャケットとパンツを着てキャップをかぶり、メタルフレームのメガネをかけている。

今宵のダー子とボクちゃんの設定は、アメリカで宇宙船などを製造する一流企業「スペースインフィニット」社で働くエンジニアである。

ボクちゃんは、いかにも〝技術オタクの変わり者〟という雰囲気を演出している。髪は中途半端に長めで、ときどき人さし指を下唇に当てて「ん〜」と考え込むというクセをもった人物になりきっている。

二人とも天才肌の変人という設定ではあるが、一流企業の社員なので、やりすぎないよう気をつけながら、松崎に接した。

松崎は、由緒正しい家系に育った実業家の父親から引き継いだ事業を、時代に合わせてアップデートしていくことによって資産を殖やしていった。

いわゆる成り上がりの資産家ではない〝お坊っちゃん育ち〟のため、世間からは「金にガツガツしないお人好し」というイメージを抱かれていた。

だが実際は、経営者に多いといわれるサイコパス気質で、利用価値がないとみなすと平気で裏切り行為を働き、他者を破滅へと導く人物だった。自分では悪気がないからタチが悪い。

アメリカから来たダー子たちをもてなすため、松崎が選んだのは創作和食レストラン。凝りに凝った繊細な和食をひとしきり楽しんだあと、食後酒を楽しみながら本題に入る。

「ご存じのように宇宙には陽子や電子といった高エネルギーcosmic raysが飛び交ってますから、電子回路を守るため、シールドを厚くしなければなりません」

ダー子は天才的な頭脳の持ち主で、必要とあらば、オサカナの懐に入るための知識やスキルを短期間で身につけることができた。松崎を信用させるべくインプットした知識をすらすらと披露するダー子に、ボクちゃんが慎重な口ぶりでフォローを入れる。

「ですが宇宙船は軽いほうがいいわけで、そのバランスを現在、試行錯誤しています」

簡単な打ち合わせだけで、絶妙なコンビネーションを発揮するダー子とボクちゃん。そんな二人を目の前に松崎は、詐欺師だなどとは思ってもいない。

「興味深いなあ。で、二人はいつロスに戻るの?」

「明日です。イーサンに尻叩かれてるんで」

ボクちゃんはいかにもアメリカナイズされたような大げさな身振りで、参ったなあというアクションをする。

イーサンとはスペースインフィニット社のＣＥＯである。ダー子とボクちゃんはその部下という設定だ。

「正月休みもへったくれもないね。でも、スペースインフィニット社で若い日本人エンジニアが働いてるというのは僕も誇らしい。頑張れ！　……で、あの件なんだけどさ、ぶっちゃけどんな感じかな？　僕、選ばれそう？」

これが本題だった。

松崎は、近々予定されている宇宙船に乗船できる希少な権利を獲得したかったのだ。

「僕らは技術職なんでそっちの情報は……」

ボクちゃんが目をそらすと、「何かしら噂は聞いてるでしょ？」と松崎は引かない。

「……では率直に申し上げます」

ダー子が顔をあげると、「おい……」とボクちゃんが制する。

このあたりは演技のキモだ。難しさを強調して相手の気を引くのだ。

「隠したってしょうがないわ。現時点のリストでは、松崎社長の順位は、ドバイのオマール、タイのチャチャナティップに次いで三番目です」

「三番目……？　僕はいちばんに行きたいんだ。最初じゃないと意味がない。どうにかならない？」

「イーサンが決めることですし、彼はご存じのとおりワンマンですから……」

「金なら払うよ。……とはいえ、イーサンほどの富豪に接待も心づけも通じないだろうな……」

「イーサンは確かに大富豪です。松崎社長に負けず劣らずの。ですが、ほかの社員は決してそうではありません」

「たとえば誰？」

「航空電子工学部門のトップ、リチャード・ホー」

「確かに彼の意見ならイーサンも耳を貸すだろうな……」とボクちゃんがつぶやく。

「日本に招待してみては？　娘さんがアニヲタなんです」

ダー子の提案に、松崎はすっかりその気になった。松崎は名誉への執着が異様に強く、そのためにはいくらでも金をつぎ込む性分だった。そして数日後には、アジア系アメリカ人技術者のリチャード・ホーとその娘を日本に呼び寄せていた。

ダー子たちを接待した高級レストランに父娘を招いて、テッパンの和食接待。外国人には手毬寿司のコースと松崎は決めているのだ。

リチャード・ホーは、ダー子とボクちゃんの詐欺師仲間で、ベテランのリチャードが演じている。つけ鼻をして、ワンレングスの長髪を後ろで結び、額は全開。うっすらと口ひげをはやし、「人種の坩堝(るつぼ)ニューヨークで頑張ってきたアジア系」という雰囲気を見事に醸しだしていた。東京観光をしてきたといわんばかりに、「アイ♡東京」とプリントされたパーカを着るなど、芸が細かい。そして、和菓子のようにひとつひとつ繊細に作り込まれた手毬寿司に狂気乱舞という演技をしてみせた。

隣に座った娘役はモナコ。ダー子、ボクちゃん、リチャードが、香港で実行した大がかりな詐欺計画をきっかけに、ダー子の弟子になった若い女だ。

当初はオサカナ側についていたが、ダー子のオトコマエな仕事っぷりに心酔して、今ではダー子にべったりだ。出会ったときは、雑種の犬や猫を貴重な血統だと偽って金銭を騙し取る「ペディグリーペット詐欺」という初歩的な手口しか知らなかったモナコだが、ダー子に仕込まれて、日々成長している。

ファッションがキテレツなところまで学ぶことはないんだが……とリチャードはモナコのいでたちを横目に思う。

左右の髪の色をわざわざ変えていた。大好きなアニメキャラをプリントしたパーカを着て、右腕にはアジア系アイドルの名前が入った腕章をつけている。腕章はリチャードもそろいでつけていた。

「オーマイゴッド！　信じられない！　ダディ、本物の監督の直筆よ！　秋葉原と杉並を案内してもらったうえに、こんなものまで……」

モナコは有名アニメ監督のサイン入り直筆イラストの色紙を抱きしめて大泣きしてみせた。

秋葉原はアニメの聖地として有名だが、杉並も負けてない。もともと有名なアニメスタジオが多くある「アニメの町」だ。アニメミュージアムもある。この二か所で、松崎がアニメグッズを大量に買ってくれたのだ。テーブルの端に戦利品が並んでいる。

「よかったねモナコ。マッザキサン、ドウモアリガト！」

リチャードは、〝一流の技術者であると同時に子煩悩な父〟を鮮やかに演じる。

「いいんですよ、『あんたの名前は。』の磐梯実監督は僕の友達。He is my friend!

リチャード、「This is your gift」

などと英語と日本語を交ぜながら、松崎はセレブしか持てないスペシャルなクレジットカードを一枚、リチャードに差しだした。

「二百万ドル入ってます。好きに使ってください」

「ノーノー、いけません」

「いいんです、ただひと言、イーサンにアドバイスしてくれれば」

リチャードとモナコは心の中で舌を出す。イーサンとは一生会うことも話すこともないであろう。そして、松崎ともこれを最後に会うことはないだろう。

数日後、ダー子とボクちゃんとリチャードは、東京23区のど真ん中にそびえ立つ五つ星ホテル「Ｇｏｎｄｏｒｆｆ」のスイートルーム——メインアジトだ——にいた。

まんまと二百万ドル、日本円にして二億円以上を手にしたダー子たちは、モナコにもギャラを払ったうえで山分けし、満ち足りた気分でいた。

ダー子は曲線が波のように美しいお気に入りのソファに寝そべりながら、やたらと大きな最新型の８Ｋテレビに映しだされるニュースを見ていた。と、スペースインフィニット社の記者会見の映像が流れはじめた。

壇上で満面の笑みをたたえているのは松崎である。

フラッシュがたくさん焚かれるなか、アメリカ人記者たちを前に、松崎は興奮した様子で語りだした。

「I am realy realy lucky man. I will go to the moon! Go to the moon! Yhaaa!（私は

本当にラッキーです。月へ……月へ行くぞぉぉぉぉ！）」

「いいなー、私も宇宙行ってみたいなー」

ダー子はソファに仰向けに寝そべりながら声をあげた。

「しかし本当に松崎さんが選ばれるとはね。お礼にさらに百万ドル振り込んでくれたよ」とリチャードがホクホクしながら言う。

「私にも感謝の電話がかかってくるわ。本当にいい人」

ダー子たちは金を受け取ったが何もしてない。スペースインフィニット社に知り合いなんていないからだ。ともすれば、松崎は金だけ巻き上げられて泣きをみるところだったわけだが、今回は松崎の運がいいのか、ダー子たちの運がいいのかわからないが、ウィンウィンの結果に終わった。

棚からぼた餅のような幸運を喜び合うリチャードとダー子の傍らで、ボクちゃんだけはぶ然としていた。その顔は次第に赤くなり、火山噴火のような勢いでソファから立ち上がると、横に置いたバッグを持って、上着をはおった。

「ダー子、リチャード……」

名前を呼ばれて、ダー子とリチャードがボクちゃんのほうを向くと、

「ボクァもうやめるぅ！」

ボクちゃんは金切り声をあげた。

このセリフ、発するたびにダー子は数えていたのだが、四百回を過ぎたあたりからどうでもよくなり、今ではただのオオカミ少年の言葉になってしまった。ここまでくると、もはや伝統芸の域だ。

「今度こそ本気だ！　今回は稀にみるひどい作戦だった……うまくいったのが不思議だ」

だが、ダー子はどこ吹く風というそぶりで「それを才能というのよ」とうそぶく。

「いつもたまたまツイてるだけだろ」

「いつもツイてるって最高じゃない。結局、人生はツイてるかどうかよ。私ったら幸運の神様に守られてるのね」

まさに先日、ダー子が引用したマルクス・トゥッリウス・キケロの言葉「人生を支配するのは運であり、英知にあらざるなり」である。

「確かに世の中にはダー子さんのような強運の持ち主が存在するね。そういう人には何をやってもかなわないな」

儲かった喜びからか、リチャードも珍しくダー子を持ち上げた。

「運を愛し、運に愛された女！　超絶怒濤！　空前絶後のラッキーガール！　我こそはぁ！」

調子にのるダー子の言葉をボクちゃんが遮る。

「やかましい！　幸運なんていつまでも続くわけ――」

ところがダー子はボクちゃんが言い終わる前にすばやくその頭を抱え込んだ。

「大丈夫！　心配しなくていいの、私と組んでればうまくいくのよ、ボクちゃん。よしよしよし！　おー、かわいいですねえ、わしゃわしゃわしゃわしゃわしゃ！」

そう言いながら、高速でボクちゃんの頭やアゴをなで回す。

「ムツゴロウさんはやめろ！　とにかく僕は足を……」

ジタバタするボクちゃんをむんずと押さえ込み、ダー子はさらに激しくあちこちをなで回した。

こうなるともうボクちゃんに勝ち目はない。ムツゴロウが百獣の王ライオンを手なづけてしまうように、ボクちゃんはダー子の手技に参ってしまう。幼い頃から腐れ縁のダー子にこうしていつも丸め込まれてきた。そのたびにボクちゃんはふがいない気持ちでいっぱいになった。

心地よいスイートルーム、美酒美食、最新ガジェッドは手に入れ放題、そしてダー子の膝はあたたかい。何度も足を洗おうと思ったが、そのたびに引き戻されてきた。だが、この世界は虚像、いつ消えてしまうかわからないのだ。

運命とはいったいなんぞや、ボクちゃんはハムレットのように悩ましい気持ちになった。

「……人生を支配するのは運であり、英知にあらざるなり」という言葉を想起させる人々がほかにもいた。

ダー子たちのアジトから東側、川向こうの下町の一角に、小さなねじ工場があった。巨大な東京スカイツリーのお膝元にある工場は、規模こそ小さいとはいえ、そこで造られたねじは世界に誇る巨大なロケットにも使用されると報じられ、一躍注目された。長年の実直な研究が実を結んだのだ。

下町の工場で生まれた小さなねじが果てしなく広い宇宙を飛んでいく。ロマンに満ちたストーリーは日本人の心を昂(たか)ぶらせた。高度成長はまだ終わっていない、そんな希望を抱く高齢者たちも少なくなかった。

日本の未来を背負う仕事を指揮するのは、実直そうな顔をした小柄な五十代の社長・通称「ねじ屋」だ。

早くに妻を亡くし、一人身で会社をここまでにした、近所で評判の働き者のねじ屋だったが、最近、少し様子がおかしかった。

ある日の昼下がり、ねじ屋は仕事を抜けると、周囲を慎重にうかがいながら工場の裏口にやってきた。おどおどした様子のねじ屋の前に、なにやら場違いな黒塗りの高級車が停まった。中から出てきたのは、強面でガタイのいい、黒いジャージを着用したやくざの用心棒風な男たちで、彼らに守られるように最後に降りてきたのは、やたらと派手な柄のジャージ姿の四十代の男だった。

着ているものに負けない派手な顔立ちをした男の眼光は実に鋭い。左の手のひらに殻つきの落花生をいくつかのせ、右手で器用に殻を割りながら口に放り込み、ポリポリ食っている。あっという間に足元に殻の山ができる。男の名は、阿久津晃（あくつあきら）という。表向きは投資家で通っていたが、実際の顔は闇金業者だった。

ネズミ色の作業服を着たねじ屋は、阿久津を前にすると蛇に睨まれたカエルのように身を小さくして言った。

「……あの、も、もう少しだけ……待っていただけないでしょうか……必ず、必ずお返ししますので」

おずおずと顔色をうかがうと、阿久津は意外にも穏やかに微笑んだ。

「いくらでも待つよ、社長」

「本当ですか……」

ねじ屋はホッとしたように顔をあげた。

「あんたの工場は世界一精密なねじを造ってる。ロケットにも使われるって話じゃねえか。日本の宝だ」

「あ、ありがとうございます……」

ねじ屋は、額が膝につきそうなほどに頭を下げて、感謝の意を表した。

「しかも、惚れた女を助けてやりたいって理由が気に入った。男ってのは、女によって生かされてるようなもんだからな」

「はい……」

ねじ屋の声は小さくなった。どうやらあまり触れられたくはないようだ。

「あんた、カードはやるか?」

「カード?」

「ポーカー。少し稼がせてやるよ」

阿久津はおろおろするねじ屋を乗せると、車を出す。車は高速に上がると房総方面へと向かった。

たどり着いたのは、海を見下ろす高台にある阿久津の別荘だ。

立派な門をくぐって白亜の建物に入ると、阿久津は階段を下りた。半地下になったところに広いリビングがある。そこは秘密基地のように薄暗いが、ねじ屋の社長室の数倍はあることがわかる。バーカウンターがあり、カウンターやその背後の棚に無数の高級な酒が並んでいた。落花生の入った瓶がいくつもあった。そういえば、車に乗っている間も、阿久津はしきりに落花生を貪り食っていたな、とねじ屋は思った。

リビングの主役は丸いポーカー用のテーブルである。高級そうな木材で作られている。それを囲むように、長いこと座っていても疲れなさそうなイスが配置され、サイドテーブルには酒やつまみの落花生がふんだんに置いてあった。

阿久津はすでに待機していた黒いジャージ姿の男たちを誘い、ポーカー台の前に座った。そこにねじ屋も加わって、四人の男たちによる賭けポーカーが始まった。

カードが五枚ずつ配られ、皆、どんな組み合わせかを確認する。

ねじ屋は、首から下げている赤いお守りをそっと取りだして強く握り締めると、ぶつぶつと念を唱えた。

「神さま仏さま神さま仏さま……」

それは、工場のそばにある神社のお守りだった。このお守りがねじ工場を世界に通用する会社に押し上げてくれたとねじ屋は信じていたから、毎年、お正月になると古いお守りは返却して新たなお守りを購入。日々のお参りも欠かさないできた。

だが祈りも虚しく、ねじ屋の手元にはいっこうにいい組み合わせはこない。根が真面目で不器用なので、それが顔に出て、駆け引きもできなかった。

ねじ屋の負けが続いて迎えた何度目かの勝負で、阿久津は相変わらず、落花生の殻を散らかしながら、カードを開いた。

「2ペア。ジャックと7、すまないな」

祈りも虚しく、ねじ屋はついにすべてのチップを持っていかれてしまい、顔面蒼白になる。

「ねじ屋、またオケラか？　ツイてねえな。今どれくらいなんだ？」

ニヤニヤしながら聞いてくる阿久津の傍らに部下が近寄ると、メモを見せた。

「マイナス千二百万か」

そんなに……！　額を聞いて肩を震わせるねじ屋に阿久津は軽い口調で言った。

「貸してやるよ」

「い、いいんですか……？」

ねじ屋の顔に少し血の気が戻る。

「さらに元手も貸す。もう少しやって取り戻せ。このままじゃ帰れねえだろ」

「あ、ありがとうございます……」

「ただ担保は欲しいな。お前の工場の株でいいよ。なに、形だけさ。大丈夫。ずっとツイてないやつも、ずっとツイてるやつもいない。運ってやつは、誰にでも平等に回ってくるもんだ。そうだろ？」

それが地獄のはじまりであることに、ねじ屋は気づくことができなかった。

当然ながら神さまなんているわけもなく、ねじ屋はあっけなく負けた。


そこからの阿久津は容赦なかった。ほどなくすると会社に新経営陣たちを送り込み、ねじ屋を含む、元の社員たちを追いだしにかかった。

大きなガタイの男たちに軽々とつまみだされながら、ねじ屋は喉をからすほどに叫びつづけた。

「海外へ売り飛ばすなんてやめてくれ！　親父が職人たちとこつこつつくり上げた工場なんだ！　阿久津さん！」

だが、阿久津の瞳は冷ややかだ。

「お前はもう社長じゃないんだ。うせろ」

「阿久津さん！　頼む！　お願いします！」

ねじ屋の声が古い工場に悲しく響き渡った。

ねじ会社のすぐそばの路地裏に一軒のおでん屋があった。そこはダー子の行きつけで、大きな仕事が成功すると、決まってダー子は立ち寄っていた。

スカイツリーができて周辺の土地開発が進み、街がだいぶ様相を変えていくなかで、その流れに頑固にのらない人々もいる。ダー子はそういう人たちが生活を営む場所が好きだった。おでん屋もそのひとつだ。ボクちゃんやリチャード、ダー子たちの協力者、通称「子猫ちゃん」たちと昼間からパーッと派手に打ち上げをしたあと、たったひとりで立ち寄るのだ。それはある種の癒やしであり、禊（みそぎ）のようなものでもあった。

「ん～、ここのはんぺんはいつ食べても最高！」

このうえもなく幸福そうにおでんを頬張るダー子に、店の大将が「おあと何にしましょう」と渋い声で訊ねた。短く刈り上げた髪、首に巻いた手ぬぐいが粋なおやじだ。

「はんぺんとはんぺんと、はんぺん。あとマヨネーズね」

「マヨネーズで食べるのは勘弁してくれませんかね」

大将は眉をひそめつつ、カウンターの下に用意したマヨネーズのチューブをしぶしぶ差しだす。それはダー子専用のマヨネーズである。料理人としては、おでんにマヨネーズなど断じて許せないが、彼女は常連さんだし金払いもいいので、と目をつぶっていた。

「固定概念にとらわれちゃダメ。ほかのお客さんにもすすめたほうがいいよ。……そういえば最近あの人見ないね、私とはんぺん取り合いになる常連さん」

ダー子が訊くと、大将は目を伏せた。

「ねじ工場の社長さんね、なんか今、大変みたい」

「大変って?」

「腕はいいんだけどねえ、昔からだらしないところあるから。どうも悪いスジから金を借りちゃったみたいなんですよ。で、工場とられちゃったらしくて」

「あら、興味深し」

ダー子は、マヨネーズをたっぷりつけたはんぺんにかぶりつきながら、目をしばたかせた。

口元を不愉快そうに見つめる大将に、ダー子は「食べてみ」とマヨネーズをたっぷりつけたはんぺんを差し出した。

はんぺんは、魚のすり身だけでなく山芋や卵白も入っているので、マヨネーズとは卵つながりで相性が悪いわけがない。それがダー子の持論である。

ダー子はマヨネーズはんぺんをぱくつきながら、オサカナのニオイを感じていた。魚のすり身のニオイではない。金のニオイである。

続けるべきか、続けざるべきか、それが問題だ……。

ダー子に丸め込まれたボクちゃんは敗北感にさいなまれながら、夜の街をさまよっていた。ふと見ると、道端に占い師が出ている。行列ができていて、かなり評判がよさそうな雰囲気だ。悩めるボクちゃんは、ついふらふらと列に並んでしまった。おぼれる者はわらをもつかむ、である。

長時間待った末、ボクちゃんは占い師に訊ねた。

「人生に悩んでます……今のままではいけないとは思ってるんですが、自分にどういう仕事が向いてるのか……この先、僕はどう生きていくべきなのか……」

占い師は、ボクちゃんの左右の手のひらを大きな虫眼鏡で覗き込むと、「うわぁ……」と顔をしかめた。

「何か？」

「……あぁー……」

占い師の虫眼鏡を持つ手がわなわなと震えている。いったい何が見えたのか、ボクちゃんが不安になりながら占い師の次の言葉を待っていると、ジャケットのポケットに入れたケータイが震えた。

同じ頃、リチャードは行きつけのバーにいた。

彼もまた、どんちゃん騒ぎをしたあと、ひとりで過ごす場所を持っている。ここは銀座のど真ん中ながら、曲がりくねった路地裏の奥にある場所だ。

詐欺師同士、馴れ合わない、干渉しないことになっているので余計なこととは知りながら、ボクちゃんはまだまだ若いな、と感じるのは、詐欺を仕事と割りきっていないこと、自分をとり戻す場所を持っていないことだ。

いい感じに酒がまわってきたリチャードは、カウンターにシルクの布を敷くと、バーテンの女性を相手にタロット占いを始めた。最近、占いにハマっているのだ。占いは、女性にモテるツールのひとつである。とりわけ、絵解きの面白さがあるタロットは神秘的で好評だった。

リチャードは手際よくタロットの大アルカナカード二十二枚を布の上で左まわりにグルグルとシャッフルし、そこから三枚をランダムに取りだす。そして絵を見ながら言った。

「ほう、恋人はもういるんじゃないかな？　ゴールインも近いと出てるよ」

「やだ……誰にも言わないでくださいよ」

「当たったかい。こりゃ残念だ」

リチャードはふだんからオーダーメイドのスーツを着用し、英国紳士然としているので、古い洋画の一場面のようないささか気取ったやりとりも似合う。こんな振る舞いがごく自然に見えるようになるのに、一体どれほどの場数を踏んだことであろうか。

「私なんかより、もっといい人のこと占ってあげてください」

バーテンダーに言われ、「うん、そうだなぁ」とふと考えて、ある人物を想定して、カードを一枚取りだした。そのカードの絵にリチャードの表情が曇る。そのとき、ジャケットの内ポケットのケータイが震えた。


やれやれ、という気分でリチャードとボクちゃんは、アジトである高級ホテルのスイートルームに再びやってきた。

「またまたいいオサカナ見つけちゃったのよ！」

ダー子は浮かれていた。もっとも、いつも浮かれているのだが。

高め安定のテンションで、ダー子はある有名人のコスプレをしたうえ、小道具まで準備して、ボクちゃんとリチャードを待ち受けていた。

「今週の第一位は、ジャカジャカジャカジャカジャカジャン！　投資家、阿久津晃！　8643点！　ジャージャージャ、ジャージャーン！」

昭和の代表的な歌番組『ザ・ベストテン』で使用されていた登場曲を流しながら、ダ ー子はマイクを持ち、手動で表裏がグルグル回転する掲示板を操作した。そこにはご丁寧に、一位から十位まで人物名が記してあった。念のため、二位以下を記しておく。

二位　弁護士　三木長一郎（みきちょういちろう）
三位　歌手　さくらんぼ
四位　赤星財団　赤星栄介（あかぼしえいすけ）♡
五位　地面師　ジェリンスキ翔（しょう）
六位　映画監督　磐梯実
七位　政治家　高橋清志（たかはしきよし）
八位　ZAWA2　松崎美津留（まつざきみつる）
九位　資産家　スミス夫人
十位　プロモーター　ホー・ナムシェン

四位の赤星栄介にハートマークがついていることに、ボクちゃんはいささか引っかかりを覚えた。かつてダー子に大金をむしり取られ、プライドをズタズタにされた赤星だったが、なおも執念深くダー子を追いつづけるという因縁浅からぬ仲となっていたのだ。三島由紀夫が江戸川乱歩の推理小説を原作に書いた戯曲『黒蜥蜴』の私立探偵・明智小五郎と怪盗・黒蜥蜴のような関係といいたいところだが、正義と悪ではなく、詐欺師とマフィアというどっちも倫理的に問題がある者同士である。そんなダー子と赤星の関係がさらに発展することなど、ボクちゃんは考えたくなかった。

ボクちゃんのそんな思いをダー子は知る由もなく、壁に貼られた阿久津晃の写真やメモを見せながら、『ザ・ベストテン』の司会者をほうふつさせる、鼻にかかった声で言った。

「えー阿久津晃さんでございますけれども、投資家とは名ばかりの闇金でございます！　賭けポーカーの元締もやってらして泣かされた方々がもう本当にたくさんいらっしゃって、アタクシもうこの方は釣り上げてさしあげないといけないいなと……」

髪型もタマネギヘアで、明らかに誰のものまねかがわかる。ダー子の子猫ちゃんの一人が、この人物のものまねが秀逸で、ダー子も対抗意識を燃やしたらしい。だが、ボクちゃんはそっと諫めた。

「ダー子、ダー子……黒柳さん、今回はやめておいたほうが……」

ダー子はボクちゃんを無視するように、リチャードに言った。

「とかなんとか言っといて、結局はやるんでしょ。ねー、リチャード」

だが、リチャードの反応も鈍い。

「私も今回はやめといたほうがいい気が……」

「なんで」

「相手が悪い……阿久津晃は裏社会では有名だ。債務者をギャンブル漬けにし、自殺に追い込んで保険金を手にしたり、女の子を裏業界に斡旋したり」

「そう！　日本が誇る町工場の社長さんも工場とられちゃった、ひどいやつよ！」

阿久津の犠牲になったねじ屋を助けつつ、阿久津からがっぽり金を巻き上げようと思ったのだ。

「だからこそ私たちが釣り上げるんでしょう！」

ダー子は熱弁する。

「……うん……そうだね……」

リチャードはダー子の勢いに圧倒され、気がのらないながらも小さくうなずいた。何度も何度も繰り返されたパターンである。

「……狙いは？」

ボクちゃんが訊ねる。

「金庫の現金三億円」

その金額を聞いてボクちゃんは眉間にしわを寄せて熟考を装った末に言った。

「……今回で最後にする」

「耳にオクトパス」

これもいつものパターンである。ボクちゃんもなんだかんだ言って、金の威力には勝てないのだ。


さっそくダー子たちは、阿久津に接触を試みた。

ダー子とボクちゃんは証券マンに、リチャードは資産家に扮して、レトロな喫茶店に阿久津を呼びだした。ダー子とボクちゃんは地味なスーツとメタルフレームのメガネ、リチャードは仕立てのいいスーツと白髪のかつらをかぶり、杖を手にしている。三人とも、きっちりと横分けのヘアスタイルである。

この喫茶店には、いまわしき思い出の映画『用心棒大集合』（伊吹吾郎製作総指揮）

のポスターが貼ってあった。この映画は、オサカナから三億円を騙し取ったものの、経費がかさんで二千八百十五円の赤字になってしまった残念な案件をきっかけに誕生したのだった。ダー子はいささか不吉な予感を覚えたが、そんなネガティブな感情はすぐに消えうせる。

三人ともアイスティーを注文して待っていると、派手なジャージを着た阿久津が、黒いジャージ姿の部下を一人連れて肩で風切るようにやってきた。部下は重そうなバッグを持っている。

「で、要するに？」

席につくなり、阿久津は蛇のような目つきでギロリとダー子たちを見た。

「要するに、世の中には使えない金がたくさんあるということです。犯罪がらみの現金です」

リチャードは阿久津の迫力にのみ込まれないよう、ひとつ深呼吸してから言った。

「使えなければただの紙クズ。持ち主は現金洗浄してくれる人を探しています。たとえ半額になっても」とダー子が続ける。

「資金を出していただければ、我々がそれを証券化し、海外転売を繰り返した後にアブナイ現金の持ち主に高値で売りつけます」

「要するに、俺の金が倍になるってことだ」

「そういうことです！」

ダー子とボクちゃんは声をそろえた。

「私も彼らにはずいぶん儲けさせてもらってるんで、ぜひ阿久津さんにもと思いまして」

ダー子がもみ手ですすめるが、敵もさるもの、阿久津は沈黙した。

「ご迷惑をおかけすることはありません」

「私どもは手数料だけいただきます」

「こんな確実なギャンブルはありません」

ダー子、ボクちゃん、リチャードはたたみかける。

阿久津はふーっと息をつくと、隣に座った部下に合図をした。部下は大事そうに膝の上にのせていたバッグをダー子たちに差しだす。

「五千万ばかり入ってる。任せるよ」

阿久津はそう言うと立ち上がり、部下を連れて風のように立ち去った。ダー子、ボクちゃん、リチャードも一斉に立ち上がり、その広くたくましい背中に「あ、ありがとうございます！」と頭を下げた。

しめしめ……。喜び勇んで三人は、重たいバッグを抱えて出ていく。

スイートルームに戻ったダー子は、ダイニングテーブルの上にバッグを置くと、ボクちゃんとリチャードに金を出すよう要求した。ボクちゃんは渋々、持参した自分のバッグから札束を取りだし、ダー子が差しだす空のボストンバッグに入れた。

「……二千万」

ダー子はリチャードにも同じようにバッグを差しだした。リチャードも釈然としない顔をしながら、自分のバッグから札束を取りだすとバッグに入れた。

「二千万だ」

「これに私の一千万を足して、五千万円でき上がりと！」

そう言いながら札束をバッグに突っ込むダー子を、ボクちゃんは薄目で睨む。「なんで僕とリチャードは二千万ずつ出して、お前は一千万なんだよ」

だがダー子はきょとんとした顔で答えた。

「5は3で割り切れないからよ。大丈夫？」

その顔があまりにとぼけているので、ボクちゃんの体はかすかに怒りで震える。それを制するようにリチャードが口を挟む。

「……ダー子さん、今回は五千万の収穫で満足しておくという選択肢も……」

「賛成」とボクちゃんは即、同意する。

「却下。味を占めれば次は必ず金庫の三億を持ってくる！」

阿久津から預かった五千万円の入ったバッグと、今、新たにできた五千万円入りのバッグを前にダー子は、「シシシシシシ！」と歯を見せて笑った。


数日後、この前と同じ喫茶店で、ダー子、ボクちゃん、リチャードは阿久津を待った。不安そうなボクちゃんとリチャードを見て、ダー子は首をかしげた。

「二人とも何がそんなに心配なのさ」

そう言いながらダー子は、手持ち無沙汰だったので、卓上のルーレット式おみくじに百円玉を投じた。出てきた小さな筒状のおみくじの糊をぴりっとはがす前に、リチャードが言う。

「……実はねダー子さん、笑わないで聞いてほしいんだが」

そのとき、ボクちゃんが小さく鋭い声を出す。

「来た」

黒いジャージの強面な部下を従えて阿久津がやってきた。相変わらず、全身を派手なジャージで決めている。周囲の人は皆、彼を避けるようにした。ダー子、ボクちゃん、リチャードはすばやく立ち上がって直立不動の姿勢をとる。

「ご足労いただきありがとうございます！」

ダー子たちが阿久津に深々と頭を下げて、一同は席に着いた。

座るなり、ダー子は持参したふたつのずしりと重いボストンバッグをテーブルにのせた。

「さっそくですが、お預かりした五千万円をお返しします」

ダー子が阿久津から預かったバッグを手で示し、ボクちゃんは少し上ずった声でもうひとつのバッグを差しだす。

「そしてこれが、今回の阿久津さまの儲け分です！」

阿久津はバッグをひとつずつ開けて、中の札束を確認した。

「こんな簡単に倍になるとはな」

阿久津の顔がようやく緩んだ。

「信頼に足る方にのみ声をかけさせていただいてます」

ダー子もにっこり微笑んだ。

「我々はツイてますね」

リチャードが明るく言うと、阿久津は気をよくしたのか口数が増えた。

「……よく言われるよ、俺は強運の持ち主だって。あくせく働くわけでもなく、ただ好きなことをして、儲け話が勝手に転がり込んでくる。今回のように。あいつは周りの運気を吸いとってるんだなんて言うやつもいる」

「妬みそねみというやつですね」

「阿久津さまが運に恵まれているのは、普段の行いがよいからでしょう」

リチャードとダー子は饒舌に言った。だが、阿久津は気にせず、「そういうことにしておくか」と満足そうだ。そして店員が注文を取りにくる前に、立ち上がる。

「またのお取引をお待ちしております」

ボクちゃんが礼儀正しく頭を下げると、阿久津は予想外の言葉を発した。

「いや、もうやめておく」

え？　ダー子たちは目を丸くした。

「金に執着するとろくなことはない。代わりに俺の友達を紹介してやる」

「……阿久津さまのお友達なら大歓迎ですが……」

思惑が外れた動揺を隠すように、ダー子はつくり笑いを浮かべた。

「気の毒なやつでな、手助けしてやりたいんだよ」

「……というと？」

ボクちゃんが前のめりになると、阿久津が話しだした。

「やつは大のワイン好き。一年ほど前にフランスから何とかって高級ワインを大量に仕入れたんだと。ところが開けてみると中身は安物で値もつけられないほどの品。薄めたジュースすら混じってたらしい。仲買人のソムリエは音信不通。そう、詐欺だったんだ。そのソムリエを見つけだして殺すと息巻いてるよ」

阿久津の話を聞いているダー子とボクちゃんとリチャードは、脇から汗がじんわり出てくるのを感じずにはいられなかった。口の中は乾ききっている。

「実はもう呼んである。来る頃だ」

そう言いながら阿久津がポケットから取りだして見せた写真には、ソムリエに扮し、ワインボトルを掲げて満面の笑みを浮かべるダー子が写っていた。

写真を見るが早いか、ダー子とボクちゃんとリチャードは、脱兎のごとく駆けだした。それを、阿久津の部下が追う。ひとり喫茶店に残った阿久津は、「五千万ありがとうよ！詐欺師の皆さん」と声をかけ、パンパンに膨らんだふたつのボストンバッグを愛おしそうになでた。

世界は広く、世界は狭い。とりわけ同じ穴のムジナは、回り回って再会してしまうことがあるもので。

と、そんなことはともかく、今はただ四の五の言わずに逃げるのみ。

喫茶店を出た三人は別々の方向へ散ると、こういうときの逃亡フォーメーションのひとつを使ってそれぞれの道筋で高級ホテルのスイートルームに戻ってきた。

「どうして前に釣り上げたやつと友達だって」

ボクちゃんは口角泡を飛ばしてダー子を怒鳴りつけた。

「知らなかったんだからしょうがないでしょう！」

「五千万ただでくれてやったんだぞ！」

ボクちゃんは苦々しい顔をするが、ダー子はへっちゃらという表情をする。

「取り返せばいいじゃんかさ！」

「どうやって！　こっちの正体ばれてんだ！」

「いくらでも手はある！」とダー子は言って「たとえばぁ――……」と続けたが、そのあとの言葉が見つからない。「ばぁ～」の音が力なく下がり、小さくなった。

「思いつかないじゃないか！」

「なんかあるわよ！」

ダー子とボクちゃんが角つき合わせている脇で、リチャードは部屋の奥、キッチンに近いほうのガラスのダイニングテーブルの前のソファに座って、う～んと腕組みして考え込む。

「どうかな……阿久津は我々より一枚うわて。想定以上の強敵だ」

だがダー子は認めない。

「今回はたまたま彼がツイてただけ」

「周りの運を吸い取る強運の持ち主。それ以上の強敵がいるかい？」

「私だって超絶怒濤のラッキーガールですから」

「それが問題だ」

リチャードは低い声を出した。

「……何やってるの、リチャード？」

見れば、リチャードはテーブルにカードを広げてタロット占いをしていた。

香港では、宿敵・赤星栄介と死闘を繰り広げた。その計画で、ダー子はモナコと占い師姉妹に扮したのだ。それを見て、占い師は人を騙すのに格好の職業だと思ったリチャードは、怒濤の勢いで西洋から東洋まで、ありとあらゆる占いを学んだ。

「香港で占い師の役をやってもらったろう。以来、私もハマってね」

とりわけ気に入ったのがタロット占いだった。基本的に、相手の反応を読みながら出まかせを言って相手に暗示をかけていくことが占い師のやり口であるが、タロットは出たカードからイマジネーションを広げていく点が、リチャードには面白かった。女性ウケが極めてよかったのもポイントが高い。

リチャードが引いたカードは、「死神」だった。

このカードの番号は、西洋では不吉とされる13。そしてカードが示す意味は、「停止」や「喪失」である。

「何度やってみても結果は同じ、最悪だ。四柱推命でも同じ。大殺界。ダー子さん、君の運勢だよ」

リチャードはうなだれたまま言う。年齢不詳のはずのダー子に生年月日が必要な占いができるかはさておくとする。

「……私？」とダー子は人ごとのような顔をする。

「君の運は今、転換期にあり、これから下がりつづける」

それを聞いてボクちゃんは後ずさりした。

「奇遇だな……実は僕も手相を見てもらったんだ。なんて言われたと思う？　身近に災いを呼ぶ者がいる……関われば巻き込まれるって……ダー子、お前のこと——」


だあはっはははは！

重くなった空気をダー子は豪快に笑い飛ばした。

「何をナーバスになってるのかと思ったら、占いですか！　どこの少女漫画だ！　占いなんてね、いい結果だけ信じてればいいの！　景気づけにコザカナ釣りするよ！　迷信だって証明してあげる」

占い師を演じたことがあるだけに、ダー子は占いがいかようにでもコントロールできることを知っていた。

ところが……。


まず、コザカナ釣りと称してダー子がボクちゃんを誘い、輸入車販売詐欺を行うと——。

ひと昔前のコンパニオン風の派手な色合いのスーツを着て、輸入車の販売員に扮したダー子は、寂（さび）れた地方都市の道路沿いにニセ販売店をつくり、そこへやってきた金持ちの老人と若い派手な愛人に、無価値の車を価値があると偽って紹介した。

「世界に五十台しかない限定モデルです」

車好きのヤンキー風の茶髪にしたボクちゃんは、盛りに盛りまくったスペックを記載したパンフレットを見せる。

「彼女さん、ルーフを開けてベイブリッジを走ったら気持ちいいですよぉ」

そしてダー子はモデルカーのルーフを開ける。

二人の話に丸め込まれて髪を丁寧に巻いた愛人は、「パパこれがいい～」とネコナデ声でねだる。あっという間に一台売れた。

「では、こちらにサインを」

やはり占いなんて当たらない。

ダー子がちょろいちょろいと心の中で舌を出していると、ふいに金持ちの老人が、ペンを持ったままデスクに突っ伏した。

「パパ？　パパ！」

「お客さま⁉　お客さま！」

ゆすっても、叩いても、ぴくりともしない。ボクちゃんがそっと老人を仰向けにして胸に耳を当てた。

「心臓発作だ……」

愛人は化粧がはげ落ちるほど号泣した。

「パパ～！　サインしてからにして～！」

ほんと、サインしてからにしてほしかった……。

ダー子もボクちゃんも滅多に体験できない出来事に呆然とするばかりだった。

まあ、そんなこともときにはあるだろう。気を取り直して、選挙詐欺を行うことにした。

なんとしても当選したい政治家に目をつけたダー子は、事務所スタッフとして接触し、リチャードは当選請負人に扮した。

「八百万で票をまとめられるそうです。あの票田を押さえれば当選は間違いありません。無理にとは言いませんよ。ただ、政治家なんて当選しなけりゃただの人ですからね」

リチャードが政治家を説得していると、彼は傍らに立つダー子をじっと見つめた。どうやらこみ上げてくるものを抑えているようで、「何か？」とリチャードが訊ねると、ふいに泣き崩れた。

「似てるんだ……別れた妻に……私に政治家になれと背中を押してくれた妻だ……政界の腐敗をなくしてほしい、あなたならできると……金で票を買うなんて……僕は汚れちまった〜！」

ダー子に亡き妻の面影を見いだした政治家は清らかな心を取り戻してしまったのだ。

思いがけない美談の展開に、ダー子とリチャードはなすすべもなかった。

　今度こそは、とばかりにダー子は不動産詐欺を決行した。

　鎌倉にある洋館に不動産屋に扮したダー子、ボクちゃん、リチャードの三人が、金持ちの婦人を案内する。この屋敷には、主（あるじ）だった故・与論要蔵（よろんようぞう）を騙そうと、ダー子が、長年音信不通だった実の娘に扮して潜入したことがあったのだ。

「一見、ただの古い洋館に見えますが、実はイギリスの高名な建築家、チャールズ・チャドウィックの手によるものです」とダー子が婦人に説明した。

「歴史的にも非常に価値のある建築物で、当時の技術の粋を集めたものといえます」とボクちゃん。

　これは嘘ではない。豪邸は、与論要蔵が贅（ぜい）の限りを尽くして建てたものだ。建築の研究にもなると、要蔵が亡くなったあとも文化財として市が遺していた。それを婦人には販売物件として紹介しているのだ。

「社長には、このような文化の薫り高いお住まいがお似合いかと」とリチャードもすすめた。三人の攻撃に婦人はあっけなく落ちるかにみえた。

「気に入ったわ。この家、買わせていただ……」

婦人がそう言いかけたとき、上空から天が割れるかと思うほどの轟音が響き、頭上で大爆発が起こった。

「うわあー!」

三人と婦人は爆風に吹き飛ばされた。

「……な、なんだ……なんなんだ!」とボクちゃんは立ち上がって辺りを見回す。

「一体何が起きた!」とリチャードも起き上がった。

二人とも砂ボコリで全身真っ白だ。

「……い、家が……」

同じく砂ボコリにまみれたダー子が震える手で指さす。あの立派な豪邸がこつぜんと消えていたのだ。


よろよろと足を引きずりながらアジトのスイートルームに戻ると、シャワーを浴びて着替え、テレビをつけた。ニュースで与論邸の事件が報じられている。

「鎌倉に飛来した隕石は、直径2・5メートル。民家を直撃し大破させましたが、幸いにも人は住んでおらず、ケガ人もいないもようです。大破した民家は、旧与論邸として親しまれ……」

ダー子はニュースの途中でテレビを消した。

三回も続けて失敗に終わるとは……。それもダー子たちがしくじったわけではなく、不可抗力の出来事が連続して起こるとなると、さすがのダー子も不安を覚えはじめた。

「……極まったね」

リチャードはタロットカードの死神カードを恐るおそるつまんだ。

「確定だ……ダー子、お前は運を失った！　阿久津に吸い取られたんだ！」

ボクちゃんはダー子に神託を告げるように人さし指をかざして言った。ところが、自分で思うならまだしも他人からそう言われると、ダー子の天邪鬼（あまのじゃく）な気持ちが頭をもたげてくる。「アホらすぃー」とボクちゃんの言葉をおちゃらけ顔ではねのけた。

リチャードはくすりともせず、真顔で言った。

「占いはあなどれないよ、人類が太古の昔から積み重ねてきた英知ともいえる。現に、君がお取り寄せした新鮮なオイスターをつまみ食いしたバトラーは、ああなってる」

リチャードがキッチンに目を向けると、バトラーがうずくまり、静かに腹痛に悶え苦しんでいた。寡黙を貫くバトラーは、どんなに苦しくても言葉を発しない。

「……あたったの？」とダー子に訊かれて小さくうなずいた。

ダー子は目を剥いた。バトラーまで……。にわかに信じられなかった。それでも自分の運の悪さを認めようとしないダー子。ぷるぷるぷると頭を横に振っている。

ボクちゃんはバトラーに駆け寄って様子を見ながら、ハタと思い出して訊いた。

「ダー子、お前、喫茶店で占いを引いていたろ、あの時の結果は何だった？」

「忘れたわよ、とっくに捨てたし」

するとと、バトラーが震える手でジャケットの内ポケットから占いの紙を取りだすと、ボクちゃんに手渡す。それから、滑稽なまでに慌てふためいた様子で洗面所に飛び込んでいく。あんなバトラーを見るのは初めてだ、とボクちゃんは思った。

ダー子はそんなバトラーの体調を気遣うよりも先に、「なんであんた持ってるのよ！」という怒声をバトラーの背中にぶつけた。もっと言うと、オイスターを先に食べなくてよかったとさえ思っていた。まったくダー子らしい。

ともあれ、ボクちゃんはきつく丸められた占いの紙を思いきって開ける。

すると——

大凶

「大凶じゃないか！」

ボクちゃんはわなわなと震えながら、目を小さな紙に近づけて、印刷された文面を読み上げた。


疫病神来たり。

万事、災いあり。

欲出せば、必ず身滅ぼす。

底に堕ちぬ限り浮上せず

「……こんな救いようのない占い結果、見たことがない……！」

ボクちゃんはダー子を憐れみの表情で見た。

さすがに二の句を告げずにいるダー子に、リチャードがフォローを入れるかと思いきや……。

「禍福はあざなえる縄のごとし。名人、天才とうたわれた詐欺師が運に見放されたとたん、地獄へ転落した例は枚挙にいとまがない」

いかにも突き放すようなもの言いだ。

「お前は今まで運に恵まれすぎていた……その反動がきたんだ……」

ボクちゃんは戒めるようにダー子に言った。

「しばらく息を潜めていたほうがいい。いずれまた運が戻ってくるさ」

リチャードが少し優しい口調になる。

「そうだよ、お祓いするとか、滝に打たれるとかして、おとなしくしてろ」

ボクちゃんはそう言い放つと窓辺に向かい、いつもオサカナに関する情報を貼りつける柱の中央に、大凶の占いの紙をぺたりと貼った。

だが、ダー子はまだ諦めきれない顔をした。

「……阿久津に五千万取られたままよ」

「諦めろ、たかが金だ」

とボクちゃんが言うと、

「負けっぱなしで泣き寝入りしろっての？　阿久津に運を取られたんなら取り返すまでよ！」

ダー子はムキになった。

「『欲出せば、必ず身滅ぼす。底に堕ちぬ限り浮上せず』！　そんなことをすれば、すべてを失って、牢屋行きか……あの世行きだ」

ボクちゃんはもう一度占いを読んで、ダー子を説得しようとする。

「ダー子さんのために言ってるんだよ」

リチャードに諭されたダー子は、ようやくうなだれて「……わかったわ……」とつぶやいた。

「わかってくれたか」とボクちゃんが安堵しかけたとき、ダー子が顔を上げた。

「あなたたちがヘタレだってことがね」

見れば、ダー子の瞳はスポ根漫画の登場人物ようにめらめらと燃えていた。

「ダー子」とボクちゃんが諌めようとするのを遮ると、

「牢屋だろうがあの世だろうが、そんなもんこの稼業始めたときから覚悟してるわい！　臆病者に用はないわ。さっさと出ていきな！」

ダー子は手にしたクッションをいくつもボクちゃんとリチャードに投げつけた。こうなるともう手のつけようがない。ボクちゃんとリチャードは大きなため息をついた。

「そうするよ……巻き込まれるのはごめんだ。ひとりで破滅しろ」とボクちゃん。

「子猫も誰ひとり巻き込むべきではないな……モナコなんてもってのほかだよ」とリチャード。ふたりの表情は冷めきっていた。

「薄情者！　冷凍人間！　ヘタレは虫類！」

「悪口が独特すぎて入ってこない」とボクちゃんは唇の端を歪めた。

「解散よ、解散！　もっとも私たちはもともと仲間でもなんでもない！　今さら解散もへったくれもないわ！　でもあえて言う！」

ひと呼吸おいて、ダー子は憎々しげに声をあげた。

「解ッ散ッ！」

ダー子はスイートルームを縦断するように鎮座した長いソファの上をドタドタと駆け回りながら、置いてあるクッションを拾っては次々と投げつけた。その剣幕の激しさに、ボクちゃんとリチャードは呆れたように出ていく。

ソファの上にひとり仁王立ちしてクッションを投げていたダー子だったが、クッションがなくなった。投げつける相手ももういないが。手持ちぶさたで立ち尽くしていると、洗面所のドアが開き、げっそりとやつれたバトラーが、前かがみで出てきた。

どんなときでも忠実なバトラーだから、散らかったクッションを拾ってくれたり、取り残されたダー子のために、簡単にできる美味しいものを作って持ってきてくれたりする？……と期待していたら、彼の足はリビングでも、キッチンでもなく、玄関に向かっていた。

唯一の味方だと思っていたバトラーまでもが、ダー子を恐れて避けながらそっと出ていこうとしている。運の切れ目が縁の切れ目。ひとたび運が悪くなると、皆、潮が引くように去っていくのか……。

「……やめたきゃやめていいわよ」

ダー子が声をかけると、バトラーは丁寧に一礼して逃げるように立ち去った。

ひとりぼっちになったダー子はむなしい気持ちになってソファから飛び降りると、床に転がったクッションのひとつを思いきり蹴り上げた。


「うお！」


勢いよくまっすぐ天井に上がったクッションは、シャンデリアにぶつかる。すると当たりどころが悪かったのか、丈夫なはずの鎖が切れ、重いシャンデリアがダー子めがけて落下してきた。危うく下敷きになるところだ。まったくどこまでもツイていない。

逃げるようにホテルを出たボクちゃんとリチャードは、肩をすぼめて大通りをあてもなく歩いていた。

「……ほとほと愛想が尽きた」といら立つボクちゃんを、「心配ないさ、彼女も諦めるよ、手はないんだから」とリチャードは慰めた。

しばらくすると道が二つに分かれた。

「……僕は職を探す。リチャードも引退しろよ」

ボクちゃんは立ち止まって、リチャードと向き合った。

「田舎で悠々自適というのも悪くはないとかねがね思っていてね……元気で」

リチャードが右手を差しだす。

「リチャードも」

ふたりは握手をすると、ボクちゃんは右へ、リチャードは左へ。一緒に歩いてきたふたりの距離は、V字を描くように徐々に離れていった。


巨大隕石の次はシャンデリアの落下と、満身創痍(まんしんそうい)である。バトラーもいなくなったので、ひとりでシャンデリアの破片とクッションを片づけようと思ったが、そもそもそういう作業は性に合わない。

むしゃくしゃが収まらないダー子は、お気に入りの服に着替えて、いつものおでん屋に出かけた。

ところが、店の引き戸を開けた途端、大将が「すいません、今日はもうはんぺん終わっちゃったンすよ」と、申し訳なさそうな顔をしながら頭を下げた。

「ツイてないわ……」

そう言いながら、ダー子はカウンターに腰をかけて頬杖をついた。

顔を上げた大将の視線は、ダー子のおでこに注がれた。『三つ目がとおる』の主人公のように、額のど真ん中に大きな絆創膏が貼られている。

ダー子はその視線に気づきながらも、とくに何も答えず、「……大将は、運勢って信じる？」と訊いた。

「運勢ですか？　さあ、どうでしょうねえ……そういえば、あの人は信心深かったなあ」

大将は店に飾ってある神棚を見上げた。

「あの人？」

「例のねじ工場の社長」

そう言うと大将は神棚の下に行き、台に乗ると中に飾ってある赤いお守りを取りだしてダー子に渡した。

「これね、社長がくれたんですよ、ご利益があるからって。おかげでなんとか商売やれてるのかな」

それは一見なんの変哲もない、神社で売られているお守りだ。一体これに、どんな力があるのやら……。

「……社長さんは？」

「あれっきり行方不明。音信不通。ことによると今頃……」

大将は目を右上に向けて想像を巡らせ、「……イヤ、やめましょうね」と首を横に振った。おそらく、ねじ屋がロープで首をくくろうとしている光景でも想像したのだろう。ダー子も同じようなことを考えていた。

「……運がないわね、あの人も」

「お人好しなんだよね。この近くにあった店の女に惚れて、金貢いじゃって。それから借金するようになって、ギャンブルに手を出して……正直者がバカを見るってのは、やりきれないね」

大将はおでん鍋から、ダー子の好きそうなタネを見繕って皿に入れながら言った。

「……人の好さにつけ込むやつっているのよ」

ダー子は手にしたお守りを見つめた。

「いつも最後のはんぺん、私に譲ってくれたのよね……」

ダー子は何かを決意したような顔をすると、お守りをギュッと握ってからポケットに押し込んだ。それからしばらくおでんつつきながら冷酒を飲むと店を出た。

やせているのに背筋が鍛えられているのか、女性としてはたくましく見えるその背中に、大将はハードボイルドを感じながら見送った。

スカイツリーを背に下町をあとにしたダー子は、思うところあって数日、ホテルを留守にした。

用事を済ませてスイートルームに帰ってきたとき、バトラーがいつものように部屋の掃除をしてくれていないかとわずかに期待していた。が、投げ散らかしたクッションもシャンデリアの破片もそのままだった。

ダー子はしぶしぶ片づけを始めた。ふだんから雑然としているのが好きなダー子だが、意識的な散らかりと、そうでない散らかりは全然違う。

基本、ここＧｏｎｄｏｒｆｆの最上階のスイートルームはダー子個人のアジトであり、仕事のときだけボクちゃんやリチャード、子猫たちを呼ぶ。プライベートとお仕事は、特注のソファでさりげなく仕切っていて、奥のベッドルームだけは他者は不可侵のエリアであった。

いつも、ボクちゃんたちと会議をするテーブル、食事をとるキッチンの奥のダイニングテーブル、リチャードがよく紅茶を飲んでいるデスク……誰もいないリビングがやけに広く感じられる。長いソファの後ろに置いてあるサングラスをかけたブルドッグ型のＢｌｕｅｔｏｏｔｈスピーカーがダー子を憐れみの目で見ているような気がした。

落ち込んでばかりいられない。

ダー子は頭を切り替えると、片づいた床に、持ち帰った紙袋の中身をばらまいた。それはすべて阿久津に関するメモや写真である。それらを一枚一枚、丹念に読み込んでいった。

ひとしきり情報をチェックすると、ダー子はケータイを取りだし、あるアドレスを押した。

「モナコ……お使い頼まれて」

ダー子の運が落ちているといわれていることを知らないモナコはほいほいやってきた。

リチャードにモナコを巻き込むなとクギを刺されたが、背に腹は代えられない。

第2章

リチャードと別れたボクちゃんは、コンビニで就職情報誌を買うとファミレスに入り、ドリンクバーだけでもう何時間もページをめくりつづけている。万年大学生のような風貌のボクちゃんには、その仕草がハマっていた。なかなかこれといった案件がない。ボクちゃんのように身元も定かでなく経歴も書けない人物が働ける仕事は、こういった就職情報誌には掲載されていない。だからこそ、コンフィデンスマンをやってきたわけだ。こういった職に就くためには、結局、得意の技を駆使し、経歴を詐称して応募するしかないのだが、真人間に戻ると誓ったからには、できればそれは避けたい。明日はハローワークにも行ってみるか……などと思っていると、すっと目の前に小さなメモ用紙が置かれた。

意味深にテーブルにメモを滑らせたのはモナコだった。ダー子に呼び出され、用事を頼まれたモナコはあっという間にボクちゃんのいるところを見つけた。この情報収集力は、なかなかの才能だ。

モナコはボクちゃんの前の席に座った。

まだダー子の弟子になって間がないものの、何度か仕事をともにし、ダー子が相当型破りな人物であることだけはわかっている。モナコはそこに憧れていた。だから、つき合いの長いリチャードやボクちゃんがここまでダー子と距離をとりたがる理由がわからなかった。

「師匠に頼まれました。阿久津へのリベンジに協力してほし――」

モナコが言い終わる前に、ボクちゃんはメモをびりびりに破り捨てる。

「……なんだかんだ言ってもどうせ僕は協力すると思ってやがる……ふざけやがって、なめるのもいい加減にしろ……！　ダー子に伝えとけ、僕はお前の飼い犬じゃないって！　君もダー子に関わるな！」

ボクちゃんはいまいましそうに言うと乱暴に席を立った。

ボクちゃんの態度を哀しく思ったモナコは、涙目のまま、リチャードの行きつけのバーに向かった。行きつけの店があるリチャードを見つけるのはたやすかった。

『カサブランカ』を気取ってひとり酒を飲んでいたリチャードの隣の席に、モナコは音もなく座ると、メモをカウンターに滑らせた。

「やれやれ、あれほどモナコを巻き込むなと言ったのに……どこまで往生際が悪いのか」

リチャードはボクちゃんほどではないが、相手にする気はないという表情でメモを丸めると、マッチで火をつけて灰皿の上で燃やす。焔はずいぶんと高く舞い上がった。

「運を失った以上、どうやったって失敗するのがオチだろうに。……モナコ、ダー子さんと距離を置きなさい」

リチャードは噛んで含めるようにモナコに言うと、飲み残しの酒をそのままに、傍らに置いてあったソフト帽をかぶると、立ち上がった。

モナコはその足で、ダー子のスイートルームに戻った。

報告を受けたダー子は首から下げたねじ屋のお守りを見つめた。焦点が定まらなかったその目がすっと鋭くなった。それから、おでこの絆創膏をはがして丸め、離れたゴミ箱に放る。それはきれいな放物線を描いてゴミ箱に収まった。


それから数週間が過ぎた。

スカイツリーが見える東京の下町。家の前に植木鉢がいくつも置かれている路地を入ったところに立つ古い一軒家から、ラジオ体操の音楽が聞こえている。その建物の扉には、〈遺品整理業　おもかげ〉と書かれた簡素な看板が掛けられていて、その下には「特殊清掃」「遺品整理」などと記されている。

民家を事務所使いにしているが敷地は広く、プレハブの倉庫が立っている。その前の空き地で、黄色い作業服を着た男女がラジオ体操をやっていた。

中心にいるのが女性社長の渡辺若葉。五十歳だが、いわゆる美魔女系で艶やかな笑顔を浮かべている。地味な作業着を着ていても消せない華やかさがあった。

金髪にした若手の従業員の公太は二十歳。定年後も働いている大口は六十五歳ながら体は丈夫そうだ。

そして彼らに交じってボクちゃんがいた。

「はい元気よくー。あくびしないよー」

若葉は誰よりも元気に手足を動かしている。

遺品整理は体が資本。遺品整理を家族でやらずに業者に頼むということは、すなわちなかなか困難な状況にあるということだ。故人の荷物が多すぎたり、それが度を越せばゴミ屋敷化していることだってある。高齢化や病気で動けなくなった家の主が山のように残した荷物を片づけて、そのなかから遺すべきものを仕分けていく――超高齢社会のもと、独居老人の増加に伴い誕生したビジネス、それが遺品整理である。

この日の依頼人は、下町の一軒家。八十歳の女性が亡くなって一年を経ていた。社用車で家を訪れ内部に入ると、まず、若葉、大口、公太、ボクちゃんは、居間に飾られた女性の遺影に手を合わせた。傍らでは亡くなった女性と同じ年の夫が失意のあまり悄然としていた。一年を経てもなお妻が忘れられないようだ。

依頼人には悪いが今日の案件はかなり楽なほう。ゴミ屋敷ではなくごくごく普通の家だから。

「では、奥さまの遺品の整理をお手伝いさせていただきます」

若葉は失意の夫への思いやりを込めた声で言うと、ボクちゃんたちに作業を始めるよう合図した。

「自分では何ひとつ捨てられなくてね……」

作業を見つめながら、依頼人はさみしげに言った。荷物がさほど多くなくても、気持ちが動かなければ遺品整理を求められることがある。男は一年が経ってようやく整理する決心がついたものの、それでもひとりではできないので、依頼したのだ。

「わかります。この家にあるすべてのものに奥さまとの思い出がおありでしょう……でも、大切なのはものじゃなくて気持ちだと思うんです。思い出は胸に残り続けます、永遠に」

「……そうですよね」

若葉のもの言いはどこまでも優しい。遺族の気持ちに寄り添うことも、この仕事の重要な部分であった。ボクちゃんは、若葉と依頼主とのやりとりに感動しつつ、作業用の軍手を白い手袋にはめ替えるとタンスの整理をそっと続けた。中には高級そうな着物がいくつもあった。きれいにしまわれていて、持ち主の性格がわかる。

「衣装持ちでいらしたんですね。この着物はどうしましょうか」

「……ああ、嫁入りしてきたときのものだ……あれはまだ二十一でした……こっちのは、日舞の発表会のとき……これは十年目の結婚記念日の……」

依頼人はその一枚一枚を愛おしそうに手に取る。

「……取っておきましょうか」と訊くと、「……処分しても、まとまったお金になったりは……」と依頼人が訊ね返してくる。

「しないでしょうね……無理に手放すことはありません。ものの価値は値段じゃありませんから」

若葉はあっさり答えた。こういうときは、あえてあっさり言い、情を抱かせないようにするのが鉄則だ。依頼人はしばらく悩んだ末に、着物の束をボクちゃんに手渡した。

「処分してください……！」

「いいんですか？」

「断ち切らないと……いつまでも辛いだけですから！」

「……わかりました」

情にもろいボクちゃんは、依頼人の未練が伝わってきてもらい泣きしそうになった。

それを懸命にこらえていると、若葉がボクちゃんの肩を慰めるようにそっとさすった。

依頼人が遺すものと処分するものをより分けたのち、ボクちゃんたちは処分するものを社用車に積んで、事務所に戻った。

引き取った家具を倉庫に運び入れて汚れを拭いていると、台所に引っ込んでいた若葉が大きな器を抱えてやってきた。

「お芋ふかしたわよ」

「ありがとうございます！」

ボクちゃんたちは作業を止めて手を洗うと、ふかし芋を頬張った。

芋の甘みを噛みしめながらボクちゃんがしんみりしていることに気づいた若葉は、

「ん？」と言いながらボクちゃんを覗き込む。

「あ、イヤ……僕は家族の縁が薄かったので、なんだか社長や皆さんが……すいません、僕の母親なんてお年じゃないですよね」

「いいのよ、あなたたちは私の息子。この会社は家族。この大口も公太も、身寄りのない子たちよ。助け合わなきゃ」

どうやら大口も公太も他人には言えない孤独を抱えているようだ。言ってしまえばワケあり。だから経歴が曖昧なボクちゃんも就職できたのだ。

「この仕事はとっても意味のある仕事よ。これからますます必要とされるわ」

「……日々、人生について学ばされています……どんな人にも物語がある。世界にひとつだけの物語です……それらはすべて美しく、尊い」

「頼りにしてるわよ、次男坊」

若葉にぽんと肩を叩かれ、ボクちゃんは「はい」とうなずいた。

血はつながっていないけれど、家族。そういう雰囲気を若葉は全身から醸しだしていた。大口も公太もあたたかい眼差しでボクちゃんを見ている。皆に励まされ、ボクちゃんは遺品清掃に精を出した。

まるでこれまでの自分の過去を消すかのように懸命に働く、心に傷を抱えた若者という印象のボクちゃんの姿に、若葉は目を細めた。


ボクちゃんが新たな仕事を始めた頃、リチャードは房総の海岸にいた。ボクちゃんとの別れ際「田舎で悠々自適というのも悪くはないとかねがね思っていてね」と言ったとおり、リゾートホテルに滞在し、サーフィンを始めたのだ。

元来、器用で身体能力も高いリチャードは、年齢に似合わず華麗に波に乗った。波に乗ることは、リチャードにとって気晴らしであると同時に、トレーニングでもあった。予想を超える自然の営みにどう対処するのか、頭と体の両方を駆使しないといけない。大きな波を制したときはこのうえなく心が満たされた。

とはいえ、詐欺をしないのであればこのトレーニングは必要とはしないんだが……ただ純粋に波乗りを楽しもうとリチャードは思い直す。

しばらく波に身を任せて海からあがると、すれ違うサーファーたちに、ハンドサインで挨拶する。

「オフショアでいい波だ」

鍛えた身体はウエットスーツを着ても腹が目立たない……と言いたいところだが、飽食生活でちょっとだけ気になる。背筋を伸ばし、腹を引っ込めて意気揚々と海岸を突っ切ると駐車場に停めた車の中で着替える。

時計を見ると二時を過ぎていた。腹ごしらえしようと車に積んだ自転車を降ろし、サーフボードをキャリアに載せてサドルにまたがると、海岸線を走りだした。

なぜ、わざわざ自転車にサーフボードを載せていくのか。サーファーを気取りたいからだ。自転車も見る人が見ればわかる外国製の名品である。誰もが、ちょっとお金のありそうなおしゃれなおじさんと思ういでたちだ。

途中、〈みなと食堂〉という看板が見えた。海に来た人相手のなんの変哲もない中華料理店だ。リチャードは自転車を停め、香ばしい匂いがもれてくる引き戸を開けた。

「こんにちは」

リチャードが声をかけると、カウンターの奥で調理している三十代くらいの女性が顔を上げた。

「あ、いらっしゃい！　今日は何にします？」

その笑顔は、すでにリチャードを常連と認めている顔だ。

「じゃあ、みそラーメンを」

「はい、みそラーメン一丁！」

リチャードはカウンターに腰をかけた。店はカウンターとテーブル席が三つほど。狭すぎず、広すぎず、こぢんまりとした店内に客はいない。手ぬぐいで頬かむりをした清潔感あふれる女性は、汗をふきふきラーメンを作っている。濁りのない汗、細い首筋や手首がけなげさを引き立てる。メニューはありきたりのものしかないが、そこここに花柄の布が掛けてあったり、カウンターにハーブの鉢植えがあったりと、いわゆるがっつり系の中華料理店ではなく、女性の趣味でつくられた店を感じさせる。

リチャードはサーフィンを始めてほどなくして、この店に足しげく通うようになった。

女は韮山波子といった。一見、町外れに暮らす地味な女性に見えるが、どこかほのかな色気を感じさせる。たくさんの女性を見てきたリチャードの審美眼は波子のポテンシャルを見逃さなかった。

「ごひいきにしてくださってありがとうございます」

波子は調理しながら言った。

「波とたわむれたあとの冷えた体には、ここのラーメンが染み渡ります」

「どちらからなんです？」

ほかに客もいないので、波子はおしゃべりを続ける。

「東京です。仕事をリタイアしましてね……セカンドライフというやつですか」

「うらやましい」

などと話しているうちにラーメンができたようだ。

「お待ちどおさま！　これ、サービス」

波子は、みそラーメンとともに餃子の入った皿をリチャードの座ったカウンターの前に置いた。

「ありがとう」

リチャードは目をつぶってじっくりスープを味わう。

さて、まだ物語に重要人物が登場していないことにジリジリしはじめているであろう『コンフィデンスマンJP』ファンもいるのではないだろうか。

まだ登場していない人物——それはもちろん、五十嵐(いがらし)のことだ。

コンフィデンスマンの仕事仲間のひとり、ダー子を愛する神出鬼没の男・五十嵐はどうしているかというと……。

彼は、都内の内科医院にいた。

「体がもたなくてねえ、いやあ、若い女房もらうのもよしあしですよねえ」

「夜は十分睡眠をとらないと」

「寝かせてくれねえんだもん」

髭をたくわえた五十嵐は、うどんチェーンを経営する社長で、通称「うどん屋」と呼ばれる男に扮し、若い妻をもらって毎晩疲れるというような下世話な相談を医師にしていた。「藪(やぶ)医者」という、実に残念な通称の担当医師は、五十嵐の話に目尻を下げて笑っていた。

藪医者は、下世話ついでに五十嵐をギャンブルに誘った。五十嵐はふたつ返事でのってみせる。その足で、藪医者は五十嵐を車に乗せて、海を見下ろす高台に立つ白亜の別荘へと連れだした。そこは、阿久津の別荘だった。

藪医者と五十嵐が車から降り、別荘の半地下のリビングに入ると、黒いミニマムなワンピースを着たスタイルのいい女性が入念にボディチェックをする。五十嵐は美女に体をまさぐられて、げへへといやらしく鼻の下を伸ばす。

「私の患者でね、うどんチェーンの社長だ」

藪医者は阿久津にうどん屋を紹介した。

「目がないもんで」

腰を低くして挨拶したうどん屋を一瞥すると、阿久津はその下卑(げび)た笑顔を見て参加を許した。不正がないか目を光らせている部下たちに囲まれるなか、五十嵐は賭けポーカーを始めた。終始、ゲスな笑い声を立てている五十嵐だが、目は決して笑っておらず、リビングの状況を観察していた。

適当に遊んだあと、藪医者の車に乗って阿久津の別荘から東京に戻ってきた五十嵐は、つけ髭を取り、ダー子のいるスイートルームを訪れた。

阿久津と接触してポーカーに参加できるようにしてほしいとダー子に頼まれた五十嵐

は、「ポーカーに参加するのは、そう難しくない。常連とコネをつくればいい」と、藪医者の患者となってまんまと阿久津邸に潜り込むことに成功したのだ。

「ルールは、ドローポーカー。親は持ち回り。現金のみ。賭け金は十万からで上限はなし。オケラになったら脱落。ときには最後の一人が総取りするまで何日でも続くクレイジーなゲームだ」

ひととおり五十嵐の話を聞いたダー子は、お約束の「いたのか五十嵐ー！」とすっとぼけた。本来、これはボクちゃんの十八番だが、ボクちゃんはもういないので、ダー子が引き継いだ。

五十嵐はドMなところがあるので、この〝いたのか五十嵐遊び〟は嫌いじゃなかった。

「いたさ、君が呼んだんだろ、スイートハニー」

嬉しそうにダー子を見つめた。その視線はやけどをしそうなほど熱い。

「そうよ！　私には五十嵐がいたのよー！」

ダー子は、

「タラララアー」

と歌いながら五十嵐に歩み寄ると、その手を取ってダンスを始めた。五十嵐は見事にサポートし、ダー子は安心して五十嵐に身を委ねた。これなら社交ダンス大会でも優勝できそうだ。

「初めからあなたと組めばよかったわ。騙せない相手なら真っ向勝負するまで。阿久津からポーカーで五千万取り返すわよ！」

五十嵐の腕の中でダー子は鼻息を荒くした。

「任せとけ、ポーカーを発明したのは俺のひい爺さんなんだ。で、いつものふたりは？」

五十嵐はさりげなくハッタリをかましつつ、部屋中を見回した。

「いつものふたりって？」

「んー何と言ったかな、ボがつくやつとリがつくやつさ。そういえばバトラーもいないな」

「記憶にございませんわ〜、時代は五十嵐よ〜！」

ダー子は再び踊りはじめる。

「やっとわかってくれたんだね。♪ラララァ〜……」

五十嵐はダー子をサポートしながら、張りのあるバリトンボイスで歌いはじめたが、急に顔をしかめて右頬に手を当てた。

「どうかしたダーリン？」

「今朝、クロワッサンをかじったら奥歯が折れてね。クロワッサンで折れるなんて、なんでかなあ」

まさか五十嵐にまで悪運が……。ダー子はギクリとしたが、「不思議ねえ～」ととぼけながら五十嵐の頬をなでた。ここで五十嵐にまで抜けられては困るのだ。


ダー子のもとを離れて遺品整理の仕事を始めたボクちゃんは、だいぶ仕事に慣れてきた。この日の依頼は湾岸のマンションの一室だ。独り暮らしをしていた男性の遺品整理を依頼してきたのは故人の娘。二十代前半くらいだろうか。

マンションの一室が書斎のようになっていて書棚がたくさんあり、そこにも入りきらない単行本や文庫本が床に積んである。

「お父さまは、本がお好きだったんですね」

ボクちゃんが本を整理しながら言うと、娘は眉を「八」の字にして笑った。

「買ったら捨てないもんですから、床が抜けるようでしょう。困ってしまって」

一冊一冊、丁寧に本を調べていた若葉が顔を上げた。

「傷んでるものが多いですねえ、値のつかない品ですからウチのほうで処分しましょう」

「お願いします」

そう言いながら、娘は書斎を見回し、傍らに置いてあった何冊かの古い絵本に目を止めた。

「やだ、私の絵本まで取ってある……これ、よく父が読み聞かせしてくれた……」

娘はそこまで言うと、思いがこみ上げてきたらしく言葉に詰まる。

「残しておきましょうか、お父さまとの思い出に」

若葉が提案すると娘は逡巡した。

「状態もとてもいいですし、一冊くらい手元に、ね」

若葉が優しく言うと娘はようやく心を決めた。

「はい……そうします」

父と娘、ふたりだけのストーリーを想像し、ボクちゃんは思わずもらい泣きしそうになったが、誰にも気づかれないように慌ててトイレに駆け込んだ。

この仕事を通して知った家族、それぞれの思いはボクちゃんの心をあたたかくした。

ささやかな、でもかけがえのない人の思いを守りたいとボクちゃんの中の善の心が大きく育った頃、事は起きた。

その夜、仕事が終わって帰宅しようとしたボクちゃんは、途中でケータイを事務所に忘れたことに気づいて引き返した。

デスクの上に置き忘れていたケータイを手に、再び事務所を出ていこうとしたとき、奥の倉庫に明かりがついていることに気づいた。まだ誰か働いているらしい。ボクちゃんがそっと近づくと、若葉が男と話していた。

男が、いつかの老婦人が遺した着物を見ながら「三万ですね」とさくっと言うと、若葉はきっとした表情で、「なめたことぬかしてんじゃないよ。上物だよ、この染めなんかもうやってないんだ、五万出しな」と凄んだ。

そのあまりにはすっぱな口調に、ボクちゃんは驚いた。

「姐さんにはかなわないな」

にやりとする男に、若葉は足元の段ボール箱から本を取りだした。今日、マンションから運んできたものである。

「この古本の山が値打ちなんだ。川端、三島、どれも初版」

男は本の奥付を見て目を輝かせた。どうやら古美術や古書物を扱うブローカーらしい。

「藤子作品の初版もある、こりゃすごい」

「価値のない絵本一冊残してやったら泣いて喜んでたわ」

真っ赤なリップを引いた唇を大きく開き、魔女のように笑っていた若葉は、ボクちゃんの気配に気づいて振り向いた。

「どうしたの、こんな時間に?」

その顔はいつもの穏やかで優しいお母さんになっていた。

「あ、あの……それらは値がつかなかったものですよね？……価値があったんですか？

だったらお伝えしないと」

ボクちゃんがおずおず言うと、若葉は左目をピクリとさせて「誰に？」ととぼける。

「持ち主に、です」

「持ち主は亡くなってるわ。今の持ち主は、引き取った私」

「で、でも……ご遺族が」

「やっと気持ちに整理をつけて手放したものを、蒸し返すなんて残酷でしょう」

「でも……ほかの業者はちゃんとそうしてるはず……」

「よそはよそ。私は、ご遺族にそんな酷なことできないわ」

若葉はボクちゃんを冷たくあしらう。

「あんちゃん、あんたのボーナスになるんだから、黙っときゃいいんだよ」

ブローカーがにやにやしながら言った。彼らは長らくこうした商売をしていたのだ。

「私たちは家族。助け合いましょうね」

若葉は魔女とお母さんの中間のような表情でボクちゃんに笑いかけるとすっと背を向け、再びブローカーとの交渉に戻った。

その日から、ボクちゃんの仕事が変わりはじめた。ボクちゃんに本当の姿を晒した若葉は、〝本当の業務〟にボクちゃんを参加させるようになったのだ。

たとえば、依頼者から引き取った家財道具を社用車で山の中へ運ぶ。大口と公太は車から降りて、荷台から古い冷蔵庫などを草むらに放り捨てた。

「ちょ、ちょっと待ってください、こんなところに捨てるんですか？」

ボクちゃんが不審に思って聞くと、公太は「捨てるんじゃないっす、置いとくだけです」と平然と言ってのける。

「いや、でも……」とボクちゃんが渋っても、「社長に言われてるんで」の一点張りだ。横にいた大口が、余計なことを言うものではないとにらみを利かせるものだから、ボクちゃんは黙るしかなかった。だが、どう考えても不法投棄である。

心を込めて、亡くなった人との思い出の整理のお手伝いをする、家族的な雰囲気の職場を謳(うた)った〈おもかげ〉とは仮の姿、真実は遺品を売りさばいて儲ける悪徳業者だった。

ボクちゃんは表面的には若葉に従いながら彼女の仕事を探りはじめた。

ある日の晩、事務所で若葉が酒を飲みながらケータイで誰かと話していた。足元には大口がひざまずき、あられもなくワンピースからむき出しになった若葉の白いふくらはぎをせっせと揉んでいた。

「大して貯め込んじゃいないわよ。しみったれた家ばっかり、金目のものなんてめったに出やしないもん。髪の毛が線香くさくなるだけ。なんで私がこんな仕事しなきゃいけないのかね、まだまだイケんのにさ」

若葉は電話で話しながら、徐々に太ももにまで伸びてきた大口の手をぴしゃりとはたくと、どすの利いた声を出す。

「組の連中に沈めてもらうよ」

「……すいません」

大口は首をすくめて再びふくらはぎをせっせと揉みはじめた。

若葉は電話を続ける。

「組のほうはどうなの？　しのぎは大丈夫なの？」

そもそも、地味な作業着が似合わない人だなとは感じていたが、とんだ女豹である。女は恐い。そんなことはこれまでの数々の経験からわかっているはずだったが、何度、経験しても慣れない。そのたび身震いする。ボクちゃんは肩をすくめて家路についた。

ちなみに、ボクちゃんは事務所に近い安い１Ｋのアパートで暮らしている。そこも若葉が保証人になって入居できたものだった。若葉は女性ひとりで頑張っている好人物として、近所の人たちから厚い信頼を得ていたのだ。

とても意義深い仕事をリーズナブルな価格でやっている事務所というイメージで売っている〈おもかげ〉の真実が世間に知れ渡ったらどうなるだろう。

「断ち切らないと……いつまでも辛いだけですから！」と着物を手放した年老いた男、「……これ、よく父が読み聞かせしてくれた……」と涙ぐむ女性たちのことを思うと、ボクちゃんは怒りがこみ上げてきた。

パンツのお尻のポケットに右手を差し込むと、ボクちゃんはケータイを取りだした。少し逡巡したがすぐ心を決めてアドレス帳を開くと、かけ慣れた相手の番号を押した。

相手は思ったよりも早く出た。

「……力を貸してくれないか……釣り上げたい相手がいる……」


ボクちゃんが再びコンフィデンスマンとしての仕事を行う決心をしたとき、リチャードはすっかり海辺の町に慣れ親しんでいた。相変わらず毎日サーフィンに興じていたが、本当の目的はサーフィンではない。

波は波でも波子である。毎日のように〈みなと食堂〉に通っていた。

「こんにちは」と〈みなと食堂〉の引き戸を開けると、店内には誰もいないうえ、火の気もない。たいていこの店には客がいないのだが、それにしても静かすぎる。表に営業中と出ていたから、客が来ないから休憩しているのだろうか、耳を澄ませると奥の部屋から声がもれ聞こえてきた。

抜き足差し足でカウンターを越えて厨房を通り、奥の住居スペースを覗き込むと、六畳ほどの和室でちゃぶ台を挟んで波子が中年の男と話し込んでいる。その気配は明らかに深刻そうだ。

縮こまってうつむいている波子の肩を男が馴れ馴れしくなではじめた。誰かに似ていると思ったら、一世風靡のリーダーみたいな顔をしていた。トレンディドラマを気取りやがって……とリチャードは筋違いの嫉妬に悶えて歯ぎしりする。いや、そういうことではない、冷静に冷静に、と気を取り直して観察を続けると……。

「……もう少しなんとか頑張ってみますので……」と波子は言った。

「もう限界だろう。人の好意は素直に受けるもんだぞ」

男が波子ににじり寄る。やめろ！　波子さんに気安く近づくなとリチャードが心の中で叫んでいると、その念が強すぎたのか、男がリチャードに気づいたようだ。

「じゃ波子さん、よーく考えといてくれ」

男はリチャードのそばをすり抜けると、厨房から店の外に出ていった。残された波子は慌てて笑顔をつくり、「いらっしゃい、すみません、今すぐ」と厨房に走る。リチャードはあとを追いながら訊いた。

「今の方は？」

「ええ……ちょっとしたお客さんです」

「怯えているように見えたけど」

「……そんなこと……」

波子は無理に笑顔をつくるが、涙が出かかるのを必死でこらえているのがリチャードにはわかった。火をつけ、調理を始める波子の細い肩にリチャードは寄り添って優しくささやいた。

「私でよければ、相談にのるよ」

波子は麺をゆでる手を止め、潤んだ目でリチャードを見つめる。その薄幸そうな色気にリチャードは目まいを覚えた。

どのみち、もう今日は客も来ないだろうとふんだ波子は、店の暖簾と看板を片づけて、奥の部屋にリチャードを案内する。食べるのも寝るのもほとんどここだけで行われていると思われる和室には仏壇があり、波子の夫の遺影が飾られている。ほかに、波子と夫と幼い息子の三人が写った写真もある。その写真の中で波子は幸せそうに笑っていた。だが、亡くなった夫はあまりいい夫ではなかったようだ。

「夫が亡くなってからわかったんです……あの方からお金を借りていたって」

「……どういう人なの？」

「田島(たじま)さんっていう……この辺の昔からの実力者っていうんでしょうか……」

波子は言葉を選んだが、言いたいことはわかる。

「夫が愛した店なので、なんとか頑張ってるんですけど……私のラーメン、まずいでしょう？」

波子は上目遣いにリチャードを見た。

「そんなこと……」

「わかってます、夫のようにはできないんです……お客さんは減る一方で」

「……借金はどれくらい？」

「……五千万ほど」

波子が絶望的な顔をした。その顔もまたたまらないとばかりに、リチャードはぞくぞくする。

「ここのお家賃さえままならないのに、そんなお金、とても……」

リチャードは親子三人の写真を見て、「息子さん？」と尋ねた。この写真の中では少年だが、波子の年齢から考えて息子はいい年齢のはずだがどうしているのか、という疑問を込めて。

「この頃はかわいかった……借金まみれの家になんかいたくないでしょう？　私もついイライラしてケンカが絶えなくなって、三年前に高校をやめて出ていったきり音信不通」

苦悶に満ちた波子の表情に、リチャードの心は射抜かれた。

「田島さんに言われてるんです……借金を帳消しにしてもいいって……この店も閉めてしまえばいいって」

「……それは、自分の女になれと言ってるんですよ」

波子はそれがわかっているのか、沈黙した。リチャードは田島という男に波子が身を任せるのは耐え難く、冷静を装って提案した。

「こつこつ返しましょう、返せない額じゃない」

「そうでしょうか……」

「この店が繁盛すれば」

「無理ですよ、私の腕じゃ……」

リチャードは波子を励ましつづけ、もう少し待つように言うと、その日は店をあとにした。

その足でリチャードは大型書店に立ち寄った。本格中華料理の本を手に取ると、目ぼしい本を数冊抱えてレジに向かう。

ホテルで本を読んで基礎を学ぶと、翌日からはなじみの中国人シェフに連絡をとり、彼の経営する中華料理店でラーメン作りを学びはじめた。まずは厨房で中国人シェフの仕事を観察。中国語で怒鳴りながら鍋を振るう中国人シェフの姿を目で追い、見よう見まねでそぶりだけまねしてみる。こういうことには、ふだんから慣れている。

何者かに変装するときはまず形から入るものだ。ボクちゃんと違って要領のいいリチャードは、いとも簡単にコツを身につけ、手首のスナップの利かせ方もさまになっていった。


詐欺師を生業にし、それなりに成り立っている者は器用である。五十嵐もまた、マジシャンのごとくトランプを意のままに操るテクニックを身につけ、ダー子のスイートルームに置かれた丸テーブルの前で自慢そうに披露していた。

「阿久津は手強い。賭場がホームである以上いかようにもできる。当然イカサマをやってるはずだが見抜けない。……見抜けないイカサマは、イカサマじゃあない」

五十嵐は渋い声音で、五枚のカードをダー子の前に飛ばすように並べた。ダー子はそれを一枚ずつめくってゆく。

ロイヤルストレートフラッシュ。同じマークでエース、キング、クイーン、ジャック、10がそろった最強の組み合わせだ。鮮やかに並んだカードに満足そうに五十嵐は「お互いにな」と言った。

「さすがねえ！」

ダー子がぴたりと寄り添うと、五十嵐は嬉しそうに巨体を揺らした。

「この五十嵐に任せておけばいい」

「でも万が一バレたら、殺されちゃうかも」

「君のためなら喜んで」

「……ジュード・ロウに見えてきた」

「あぁ、あいつ親戚」

さらりと嘘をつく五十嵐。でも、このさらりが嘘には大事だった。気取っていた五十嵐だが、ふいにお尻に手をやり、さすりはじめた。

「お尻、どうかした？」

「ここへ来る途中ゴールデンレトリバーに思い切り咬まれてね」

ダー子はギクリとなった。だが、それを五十嵐に気取られまいと、声も動作もいつも以上に大きくして必死に持ち上げ続ける。五十嵐にはまだまだ頑張ってもらわないといけないからだ。

さて、ボクちゃんが電話をかけた相手は誰だったのか。

どうせダー子だろと思った方は、ハズレ。ボクちゃんもそこまであまちゃんではなかった。

ボクちゃんがコンタクトをとった相手は――ちょび髭だった。

チャプリンやヒトラーを思わせる口髭が本物なのか変装なのかわからないちょび髭は、五十嵐と同様、ダー子の仕事仲間である。五十嵐ほど自己主張は強くないが、なかなかいい仕事をする信頼できる人物だ。ボクちゃんはちょび髭を呼びだすと、町外れの骨董品店にやってきた。一流品だけを扱う敷居の高い骨董品屋ではなく、パチもんも交ざっているようなところで、ときに掘りだし物が見つかるような玉石混交の店だ。古今東西の骨董品を物色しながら、ボクちゃんは言った。

「すまない、ちょび髭さん……もうやらないと決めてたけど、今回はどうしても許せなくて」

トレードマークのちょび髭に、真っ赤なネクタイをして現れたちょび髭は、「ダー子さんは？」とあたりを見回した。

「あいつと関わっちゃだめだ。それにそれほどの相手じゃない」

ちょび髭はボクちゃんの言葉をさほど重く受け止めず、「誰を釣り上げるんです？」とだけ訊いた。

「渡辺若葉。実態は暴力団関係者だった。長年、大物の愛人をやって、今の商売を始めたらしい。大口って無口なおじさんも、公太って若いのもそのスジだ」

ボクちゃんは手短に若葉に関する情報をちょび髭に語った。かよわき庶民の思い出を商売に利用するなんて断固許すまじというボクちゃんの正義感は、ちょび髭に十分伝わった。

ボクちゃんに真実の仕事の現場を見られてからというもの、若葉は本性を隠そうとしなくなり、積極的にボクちゃんをとり込みはじめた。本来の仕事を任せるだけでなく、遊びにも誘った。仕事が終わった夜、事務所で若葉、大口、公太は、寿司をつまみながら花札をやるのがつねで、ボクちゃんもそれに加えられるようになった。

若葉は花札が強かった。勝ちつづけて盛り上がる若葉は背中が空いたドレスを着ていて、白い肌がほんのり赤くなっていた。黄色い作業着よりも断然、こちらのほうが彼女には似合っている。ちらりと見える彫り物も、より深くて濃い色みを帯びている。

ボクちゃんが横目でその背中を見ていると、酔った大口が、負けた腹いせにボクちゃんの耳を噛んだ。ふだんはもの静かだが、ちょっとしたきっかけで暴力性を発揮するようだった。

骨董品店で品を物色しながら、ボクちゃんはちょび髭に若葉に関する情報を伝えた。

「遺品の騙し取り、不当売買、不法投棄、何でもこいの悪党だ。若葉は古美術の目利きで、それを悪用している」

「だいぶ貯め込んでるんですか?」

「おそらくね。せめて僕が関わった人たちにだけでも、遺品の正当な金額を返したい」

「目標金額は?」

「一千万」

金額を聞いて、ちょび髭は少し怯んだ。

「エサ代がかかりすぎでは？」

「儲けることが目的じゃない、若葉の懐から一千万出させることができればそれでいいんだ。それまで従順な従業員を演じるさ」

そう言うと、ボクちゃんは手頃な品を見つけ「この茶器、見せてください」と店員を呼んだ。


翌日、〈おもかげ〉に遺品整理の依頼が入った。場所は荒川を越えたところにある佐野という旧家だ。かなり大きな家だった。そこの当主が亡くなったという。

若葉たちは亡くなった当主の書斎に入り、作業を始めた。

「でかい家だから何かあるかと思ったけど、しみったれてるわねえ」

若葉は舌打ちした。ぽつんと置かれた古い文机を慎重に持ち上げ、底なども確認して「これも古いだけの安物だわ」とあからさまに雑に扱う。ボクちゃんはその態度に顔をしかめたが、若葉に気づかれないよう隣の部屋に移動した。

若葉は、ボクちゃんの侮蔑的な表情に気づかず、マイペースで作業を続ける。値段のつかないものには冷たいが、強欲なのでチェックは入念だ。文机の引きだしの中も確認しようとしたが、開かなかった。

「鍵がかかってる」

どこかに鍵はないものか……と若葉は辺りを探るが、それらしきものはない。そのとき、前の壁に掛かった書の額縁を大口が外そうとすると、裏からコトンと音をさせて小さいものが落ちた。

鍵だった。

若葉はすぐさまそれを拾い上げ、文机の引きだしの鍵穴に入れてみると、すんなり入った。若葉はしめしめとばかりに引きだしを開けると、中には古い帳面が入っていた。紙は経年劣化しており、慎重に扱わないと今にもバラバラになりそうな代物だ。そっと手に取り机でページをめくると、毛筆で何やら古めかしい文字が書いてある。若葉がなんとか読み解こうと試みていると、書斎に入ってきたボクちゃんに声をかけられた。

「社長、大口さん、お茶でもどうですかって」

「あ、そう」

若葉は、何食わぬ顔で帳面を引きだしに戻すと鍵をかけ、こっそりその鍵をポシェットにしまって書斎から出た。

茶の間には仏壇があった。立派な卓にはお茶が人数分用意され、茶菓子も置かれている。ボクちゃん、若葉、大口、公太は、腰を下ろし、お茶を飲みながら遺影に目をやった。

「でも九十八歳なら大往生っスね」

公太は、傍らで涙ぐんでいる孫を慰めた。

「ええ、最後は眠るように……」

涙をぬぐった孫はちょび髭である。

つまり、この旧家はフェイク。空き家になっていた家にボクちゃんとちょび髭が骨董品屋で買い集めたものを子猫たちを雇って飾りつけたのだ。ボクちゃんはとぼけた顔で、ちょび髭に聞いた。

「由緒あるお家のようにお見受けしますが」

「いえ、うちは大したことないんです。でも祖父は若い頃、柏崎(かしわざき)家の執事をしてたことがあるって聞いてます」

「柏崎家？」

「……あの大財閥の？」

狙いどおり若葉が食いついてきた。ちょび髭は気をよくしてさらに続けた。

「よく昔のことを話してくれましてね。御大は飛行機を乗り回したとか、庭でライオンを飼おうとしたとか。その話がまた面白くて……大好きなじいちゃんでした」

この話を聞いた若葉はピンときたように、「……書斎に素敵な文机がありましたね」と話題を向けた。

「ああ、あの机は置いといてください。じいちゃんが大事にしてたものなんで、形見にします。……ただ、鍵がどっか行っちゃったんで、何が入ってんのかわかんないんですけどね」

「……そんなに大事にされてたんですか？」

「そりゃもう家族にも触らせないくらい」

そこへボクちゃんが「何か恥ずかしいものでもしまってるのかな、若い頃のラブレターとか」とふざけて言うと、「そんなところでしょうね」とちょび髭は笑った。

ボクちゃんとちょび髭が笑い合いながらもその目は笑ってないことに、誰も気づいていない。若葉の欲望はすっかり文机に向けられていたからだ。お茶もそこそこに切り上げると、若葉は書斎に戻った。さも、休んでなどいられない、少しでも作業を進めないと、というような態度で。まったくズル賢いとボクちゃんは苦い顔をする一方で、にんまりしていた。騙されるがいい、と。

ボクちゃんの仕掛けた罠とも知らず、若葉は文机の前に座った。よく見れば、桜の木を使ったなかなか美しいものではないか、などと思いながら若葉は眺める。ふと見ると文机の下に、先ほどいじったときに落ちたのか、帳面の紙片が二枚ほどある。拾い上げて眺めていると、ちょび髭が入ってきた。

「あ、今日はどうもありがとうございました」

「どうもお世話さまでした」

若葉は極上の笑顔をちょび髭に向けると、気づかれないようにこっそり、その二枚の紙片をポシェットにしまった。

夕方、〈おもかげ〉に戻ると、若葉は、事務所で二枚の紙片の解読を始めた。

「……読めますか？」と大口が覗き込む。

「……『清朝青磁茶器一式……波岡町守山神社……裏……稲荷正面ヨリ東歩九、南歩四』……」

漢字ばかりである。何かが隠されているのか……？　若葉は、同じく遺品としてあった古い地図帳を取りだして、波岡町、守山神社という場所を探した。こちらはトントン拍子に見つかって、若葉は気をよくした。さっそく若葉はボクちゃんたちを連れて、その場所に向かった。明日、日のある時間に行くほうがいいかとも思ったが、誰に見られるかわからない。やはり夜のほうがいい。それにツキを感じたときに動いたほうがいい。ひと晩で潮目が変わったらかなわない。

波岡町、守山神社があったとされる場所は、現在は町がなくなって林になっていた。たどり着いたときにはとっぷりと日が暮れて、懐中電灯で照らしながら地図帳を見て探索する。ボクちゃんや大口、公太はスコップやシャベルを持って、若葉のあとに続いた。

「ここだ……」と若葉が立ち止まった。

朽ちた、今はもう立ち寄る者はいないような鳥居が立っている。

「何なんスか、ここ？」

公太の質問には答えず、若葉は古ぼけた鳥居をくぐる。

「入っちゃっていいんですか？」

ボクちゃんが不安そうに訊ねるが、若葉は聞く耳をもたない。脇目も振らずに落ち葉を蹴散らすように歩いていくと、本宮の奥に小さな祠（ほこら）があった。探していた稲荷である。

「『稲荷正面ヨリ東歩九、南歩四……』」と若葉は紙片を見て、方位磁石を確認した。

「東へ九歩……一、二、三……」九歩進み、「南へ四歩……一、二、三……」方角を変えて四歩進む。そして「ここを掘って」と若葉は命じた。

だが、ボクちゃんと公太は「は？」と面食らう。そこは何もない、ただの地面だったからだ。

「いいから掘って！　早く！」

若葉の剣幕に気圧されて、ボクちゃんと公太は地面を掘りはじめたが、掘っても掘っても何も出てこない。

深夜になる頃には、背の高いボクちゃんの全身が隠れるところまで掘り進んだが、手応えはなかった。ボクちゃんも公太もへとへとで、「何もないっスよ」と公太は音をあげた。それでも若葉は諦めない。肉体労働はボクちゃんたちに任せ、ハッパをかけているだけなのだから元気だ。

そのとき「社長」と大口が叫んだ。スコップの先に何か感触があったようで、その周辺を掘ると、引っ越し用段ボール箱のSサイズほどの錆びた金属製の箱が埋まっていた。錆び具合から相当古くから埋まっていたものと思われる。

「開けなさい」と若葉が命じると、大口は工具を使ってこじ開けた。すると、中には風呂敷に包まれた木の箱が入っている。蓋を開けると中身は目の覚めるような美しい青磁の茶器一式だった。

若葉は、懐中電灯でつぶさに観察すると「……本物だわ……清朝の茶器……」と唸った。

実際は、ボクちゃんが骨董品屋で購入して埋めておいたものであるが、「高いものですか?」という公太の質問に、若葉は「二百万はくだらないわね」と興奮気味に答えた。

えっ⁉ 公太は疲れも吹っ飛びそうなほど驚いた。

「社長、一体これは……」

ボクちゃんが恐るおそるという体で訊くと、若葉は興奮を隠そうとせず、もう一枚の紙片を取りだした。

「『金剛石、首飾り。……松元家方、裏』……行くよ! 早く!」

言うなり若葉は駆けだした。もちろん、紙片はボクちゃんが仕込んだものである。何も知らずに訳もわからずついてゆく大口と公太。三人の背中をにやにや見つめながら、ボクちゃんが慌てたふうを装ってあとに続く。

果たして、若葉は金剛石、首飾りなども見事に掘りだした。正確には、掘りだしたのは部下の大口、公太、ボクちゃんである。すべて、ボクちゃんの仕掛けだとは知らない若葉は目を輝かせながら宝物を眺めた。

「やっぱり出たわ『金剛石、首飾リ』……ダイヤモンドよ! 三百万、いえ、もっといくわ!」

茶器と首飾り、そして二枚の紙片を並べて、はしゃいでいる若葉に、ボクちゃんはすっとぼけて訊いた。

「社長、説明してください……その紙は何なんですか？」

「柏崎御大といえば、戦前の大財閥、柏崎嘉平のことよ。莫大な財産を持つ大金持ちだったけど、敗戦で財閥解体後、ほとんどの財産を接収されてしまった。でも柏崎家の資産は本当はあんなもんじゃないってもっぱらの噂。やっぱりGHQの目を盗んでひそかに隠してたのよ、ゆかりのある家々に！」

「……隠し財産ってことですか？」と公太は目をひんむいた。

「そう、その場所を記したのがこの紙！　執事に託したのよ！　あの文机の中には、まだまだ山のようにある……！　みんな喜びなさい！　私たち大金持ちよ！」

「マジっすか……！」

大口は公太と手を取り合って跳ね回った。

「……でもお孫さん、あの文机は手放さないと言ってたんじゃ……」

ボクちゃんが話の腰を折った。

「あんなガラクタ、金を積めば手放すわよ」と強気の若葉に合わせて、ボクちゃんは、「……ですね」とにやりと悪人顔をしてみせた。若葉は、すっかりボクちゃんが自分たちの色に染まったと思い込んでいる。

ボクちゃんがちょび髭と組み、正義のための詐欺を仕掛けているとき、中華料理の手順をすっかり会得したリチャードは、〈みなと食堂〉のカウンターに立っていた。気分は伊丹十三監督の映画『タンポポ』である。ラーメン屋をひとりで切り盛りする未亡人に心惹かれた男たちが、店の再生に協力するという物語だ。

ある日、〈みなと食堂〉に様子を見にきた田島は目を疑った。見たこともない数の客たちが店の外に列をなして順番を待っているではないか。

何ごとかと様子をうかがうと、店の外壁に『本場四川省出身の料理人、陳さんによる担々麺をどうぞ!』と書かれたフルカラーの貼り紙が出ている。文字とともに、真っ白な歯をむきだして笑う、縦長のコック帽をかぶった調理人姿のリチャードも写っている。

関係者だと言って列を無視して強引に店内に入っていくと、満員。いつもがらんと冷たい空気が流れていた店内が、熱気に満ちていた。スパイスのいい香りも立ち込めてくる。波子がトレーをもってテキパキと接客してまわっていて、その顔はいつも以上に生き生きしている。厨房ではリチャードが豪快に鍋を振っていた。

「担々麺まだですかあ」と波子が厨房に声をかけると、「我知道(ウォチータオ)!　我知道!」とリチャードは中国語で返事をした。

「いやあ、うまい！　こんなうまい担々麺初めてだ！」

カウンターに座った男性客にほめちぎられて、リチャードは「謝謝（シェシェ）！」と微笑んだ。

なかには、ケータイで写真を撮る若い男女もいて、「グルメサイトに載せてもいいですか？」と波子に聞いた。

「どうぞー、宣伝してください！」と波子が答えるそばから、「こっちも担々麺三つー」と家族連れの父親の声が響いた。

「はい、ただいまー！」と厨房からリチャードが返事をする。

中国語で何かわめきながら調理をしているリチャードは、田島が入り口で呆然と立ち尽くしているのに気づき、声をかけた。

「お客さん、順番並んでね！」

苦々しく立ち去る田島を見て、リチャードと波子は微笑み合った。

あまりの客の多さに、その日は仕入れた材料があっという間になくなり、早めに店じまいをした。片づけと翌日の仕込みをしたあと、リチャードと波子は、奥の和室でささやかな祝杯をあげた。

「お疲れさまでした」と波子がビールをコップに注ぐ。

「波子さんもお疲れさま」とリチャードも波子のコップにビールを注いで乾杯。

「ああ、久しぶりにビールがうまい」

リチャードは一気に飲み干すと、目尻を下げる。

「でも不思議……陳さんが有名な料理人だったなんて」

「もう鍋を振るうこともないと思ってましたが、波子さんを見てたら、居ても立ってもいられなくて……」

「こんなちっぽけな店を手伝ってもらっちゃって、なんだか申し訳ないです……ありがとうございます」

「礼を言いたいのは私です。自分の原点を思い出しました……日本に来て、こういう小さな店から始めて、がむしゃらに働いたなあと……。改めてわかりました。私、厨房が好きなんだって」

「……私もこんなに楽しく働けてるのは、何年ぶりかしら……」

波子は興奮冷めやらぬ様子で少女のように笑ったが、はたと気づいて「へとへとですけどね、もう年だわ」と恥ずかしそうにうつむいた。

伏し目がちになった顔がまたいい、とリチャードは思う。

「まだまだお若いです。これからですよ」

「陳さんだって」

「……人間、いつ青春が戻ってくるかわからないものですね」

ちゃぶ台を挟んで、リチャードと波子はどちらからともなく見つめ合った。

ふたりの視線は片栗粉でとろみをつけたように絡み合う。だが波子はリチャードの背後の仏壇から夫の遺影が睨んだような気がして、目をそらした。それに気づいたリチャードも、ごまかすように手酌でビールを注ぐとぐいと飲み干した。波子が慌ててリチャードのコップに注ぎ、自身はまだ残っているコップに口をつける。このなんとも初々しい感じも、リチャードは嫌いではなかった。

ビール瓶一本を空けて、リチャードは紳士的に波子の家をあとにした。夜空を眺めながら、ホテルに戻ると見せて、ほろ酔い気分で海辺の町の路地裏を通り、空き地にやってきた。

そこには月明かりに照らされて子猫たちが集会をしていた――いや、違う。それは数十人の人間たちであった。

「遅いっすよー」

リチャードに声をかけたのは、昼間、客として店に来ていた男だ。ほかの老若男女、全員、客として並んでいた者たちだった。

「悪い悪い！　子猫の皆さん、ごくろうさまー」

リチャードは集まった子猫たちにギャラを配る。

「人気店という火がいったんついてしまえば、あとはこっちのもんだから。ありがとうねー」

「やけにうれしそうっスね」

〈みなと食道〉で嬉々としてケータイで写真を撮っていた男が訊いた。

「そうかい？　そんなことないだろう！」

リチャードは笑ってごまかしたが、月明かりに輝いた顔は、心なしか若返ったように子猫たちには見えた。


ボクちゃんとリチャード、それぞれの活動が順調にみえた頃、ダー子はダー子でいよいよオサカナ、阿久津の別荘に乗り込むことになった。

別荘地の林道をタクシーで飛ばし、阿久津の別荘の表玄関の前でタクシーを停めると、そこには耳にトランシーバーのイヤホンをつけた見張りの部下二人が、ボクシングのまねごとなどをしてふざけていた。一人はプロレスラーのような巨漢、一人は筋肉質の男だった。

ダー子は、重そうなボストンバッグをうんしょと持ってタクシーを降りた。二人の見張りはダー子の姿に目を剥く。この日のダー子は、テンガロンハットをかぶり、カウガールのような格好をしていた。フリンジのロングベストに細身のジーンズ、ウエスタンブーツ。アクセサリーは鮮やかなターコイズ。決めすぎなほど決めている。白を生かした海沿いの別荘に、ウエスタンファッションは実に映えた。

まずは見た目で敵を制す。思惑は成功し、部下たちがダー子の脚線美に目を奪われていることに満足したダー子は深く呼吸すると、ふんぞり返って大きな歩幅で玄関に向かった。

見張りのひとり、巨漢が慌てて追いかけてきて「何か？」と訊ねてくる。

「友達が遊びにきたとボスに伝えて。五千万儲けさせた証券屋だといえばわかるわ」

見張りはトランシーバーで連絡をとり、確認すると、ダー子をリビングへと案内した。

一斉にダー子に視線が集まる。ダー子が見渡すと、トレードマークの派手なジャージを着た阿久津が円卓の前でふんぞり返っている。その隣に一見、地味なスーツ姿の通称・藪医者、ちょっとおしゃれなスーツを着た広告代理店幹部の通称・広告屋、そして、髭をたくわえ、明るいカラーシャツにアスコットタイで決めた通称・うどん屋の五十嵐が円卓を囲んでいた。

「おやおや、ご婦人の来るところじゃありませんぞ」

五十嵐が言うと、阿久津が「俺の知り合いだ」と制した。

「そうでしたか、失礼」

むろん、五十嵐とダー子は面識がないことになっている。ダー子は五十嵐から賭けポーカーの情報を得ると、さる筋から訊いたが参加できないかと阿久津に直接連絡をとったのだ。

「お久しぶり」

ダー子は落ち着き払った様子で、ジャージに劣らず派手な面相の阿久津に微笑みかけた。

「荒野の決闘といったところか？　ルールくらいは知ってるんだろうな、姉ちゃん？」

挑発的に言う阿久津に、ダー子も不敵に応じる。

「七ならべなら負け知らず」

「手強そうだ。小遣いはどれくらいだ？　みんな一千万は持ってきてるぞ」

ダー子はバッグを開けて、中を阿久津に見せた。そこには万札がびっしり入っている。

「一億あるわ」

阿久津、藪医者、広告屋、そして五十嵐は息をのんだ。

さすがの阿久津も表情を変える。部下に目配せしてダー子の席を用意させた。

ダー子は、金の入ったバッグを部下に預けると、ボディチェックを受けて席に着いた。

広いリビングの一角に、参加者の持ち込んだ現金が集められている。ダー子の金が加えられたことで、その山は一気に倍になった。二億はありそうだ。

「紹介しよう。こいつらは藪医者、広告屋、うどん屋だ」

阿久津の紹介で、それぞれが「どうも」、「お手柔らかに」、「よろしく」とダー子に軽く会釈する。

「彼女は証券屋……いや、その前はソムリエだったらしい。今はまた違うんだろう。何て呼んだらいい？」

「詐欺師でいいわ」

「詐欺師だそうだ」

阿久津は薄く笑った。部下がダー子の前に一億円分のチップを置く。いよいよポーカーが始まる。五十嵐がカードをシャッフルして配る。さんざん練習したから、手さばきがいい。その間、ダー子は周囲をそっと観察していた。四方八方に部下が立っていて、黒服の部下たちが目を光らせている。

カードが配られ、一同は五枚の手札を用心深く確認した。

「ひとりで乗り込んでくるとは気に入ったよ、あとのふたりはどうした？　ヌボーッとした若いのと、うさん臭いジジイ」

阿久津はカードを持ちながら、にやにやした。

「そんなふたりもいたわねえ、興味ないわ」

ダー子の返事にかぶせるように、五十嵐が「ベット」とぞんざいにチップを増やした。ベットとはチップを賭けることである。それに藪医者と広告屋が応じて、ふたりとも「コール」した。コールとは相手と同額を賭けることである。

「レイズだ」

レイズとは相手の賭けた額に上乗せすること。阿久津はさらにチップを足した。

「さらにレイズ」

ダー子がチップを上乗せする。一同は、逡巡しながらもその額に応じた。おのおのカードを任意の枚数交換する。

「三枚」ダー子は三枚のカードを交換。皆、それを確認した。

「レイズ、百万だ」

阿久津はどっさりとチップを足した。

「レイズ、二百万」

ダー子が強気でさらに足すので、さすがに一同は固まった。

「……大胆なお嬢さんだ」とうどん屋はひゅうと口笛を吹いた。

「ビギナーには、ご祝儀をくれるのが礼儀じゃないかしら」

ダー子が言うと、藪医者は「確かにね」、広告屋は「そう言われちゃしょうがない」、うどん屋は「乗ってあげましょう」と覚悟を決めた。

「コール」と阿久津の声で、全員、二百万に応じると、ダー子はカードを見せた。

「2ペア。クイーンと6」

「こりゃまいった」と藪医者は頭をかき、「やられた」と広告屋は肩を落とした。

「ありがとう」とダー子はにっこり。

だが、阿久津が「すまない、こっちも2ペア。エースがあるんだ。ここに礼儀はないらしい」とカードを開いてダー子たちのチップを持っていこうとすると、うどん屋が制する。

「あー、私、3カードです」とカードを開き、チップを受け取った。

「すいませんなあ！」

イヒヒと下卑た笑いを浮かべるうどん屋をチラ見すると、阿久津は「今日はうどん屋がツイてるらしい」と冷笑した。

五十嵐とさんざん特訓したダー子がイカサマポーカーで阿久津を釣り上げようとしているとき、ボクちゃんは若葉に連れられて再び佐野家を訪れていた。ちょび髭扮する亡くなった老人の孫に、書斎へ案内された若葉は、そこに置かれた文机を譲ってほしいともちかけた。

「この文机を?」ちょび髭は怪訝な表情をする。

「アンティークとしてなかなかいいので買い取らせていただこうかと」

「でも、祖父の形見なんで」

ちょび髭は文机を愛おしそうに見ながら首を横に振った。

「お気持ちはわかってるつもりです。なので、十万円ではいかがでしょう?」

「……じいちゃん、本当に大事にしてたんです」

「二十万では?」

若葉は執拗に迫るが、ちょび髭の気持ちは揺るがない。

「値段じゃないんですよ、たとえ百万だろうが、二百万だろうが売る気はないんです」

今度はボクちゃんが訊いた。

「いくらなら手放しますか?」

「いや、だから――」

「仮に。仮にです」

「……そりゃ、一千万とか言われたら考えますけど……こんなガラクタに一千万なんてねえ」

一千万……さすがの若葉も一度出直すと、ボクちゃんたちを促して立ち上がった。

〈おもかげ〉に戻っての作戦会議で公太は、「足元見やがって！」とつばを飛ばす勢いで怒鳴った。対してボクちゃんはあくまで冷静に、「さすがに一千万はないですね、諦めるしかないでしょう」と若葉の顔色をうかがう。

だが、若葉は「柏崎家の財産は桁が二つ三つ違うのよ」と諦めきれないようだ。

「……まぁそう考えれば、一千万は安い買い物かもしれませんが」

「……絶対に手に入れるわ」

すでにお宝をいくつか手に入れた若葉は欲望の歯止めが利かなくなっている。

ボクちゃんは内心ほくそ笑んだ。ボクちゃんが仕掛けた流れに若葉はのせられていることに気づいてない。あくまで自分が選んだ道だと信じ込み、その道をまっすぐ突き進む方法を熟考しているつもりでいるのだ。

相手を暗示にかける、これが詐欺のテクニックである。

若葉はポシェットから文机の鍵を取りだしてしばらく見つめると、大口に目で合図した。このなかで若葉といちばんつき合いの長い大口は、暗黙の了解で小さくうなずく。

若葉の手口はかなり強引だった。

その夜、ボクちゃんのケータイに、ひどく慌てた様子でちょび髭から電話がかかってきた。

「ボクちゃん、やられました！　すぐ来てください！」

ボクちゃんは血相を変えて、佐野家にやってきた。そして書斎に駆け込むと、ちょび髭がうなだれていた。

「油断してました……ちょっと家を空けたすきに」

書斎の窓ガラスが割られて文机の鍵が開いている。文机は盗まれておらず、引きだしが開けられ、中身だけを盗んでいったようだ。

「まさか盗むなんて……すいません！」

「……なんてやつらだ」

一千万円を出すのではなく盗むとは……身もフタもなさすぎる。やつらに美学はないのか……。ボクちゃんはあ然としながら、ちょび髭の肩を叩いて慰めた。それから〈おもかげ〉に引き返した。

事務所に戻ると、若葉と公太と大口が、手に入れたばかりの帳面を複数の地図帳と見比べながら解読していた。

「金塊って書いてあるわ！　地図かして！」などと若葉は夢中のあまり大声をあげていた。

ボクちゃんはそこに割って入ると、帳面をガン見し、「……それはどうしたんですか？……まずいですよ、盗みはまずいです！」と若葉をたしなめた。

「盗み？　誰が何を盗んだの？」

若葉は首をかしげた。しらを切るとは……ボクちゃんは心底呆れた。

「バレます、お孫さんが通報したら……」

「彼はこの帳面の存在を知らない。持ち主は亡くなってる。つまり誰も知らないのよ。ということは、何も盗まれていないということ、でしょ？」

若葉の開き直りに、ボクちゃんは痛恨の思いだ。ボクちゃんの本当の気持ちを知らない若葉は、単なる正義感に突き動かされているのだと思い、「大丈夫よ、お母さんが守ってあげるから」と言って、ボクちゃんにそっと寄り添った。

若葉は、家族的な情に訴えれば人間は簡単になびくものだと思っていた。しかしボクちゃんからすると濃密で強欲な女がまとった安っぽい薫りしか感じられない。たまらず吐きそうになり、顔をしかめた。

大凶なのはダー子なのか、それとも……。ダー子から離れてひとりで仕事をしようとしたボクちゃんの計画はうまくいかず、そしてリチャードの恋もまた……。

〈みなと食堂〉が繁盛したのはほんの一瞬で、あっという間に元に戻った。毎日、閑古鳥が鳴いている。店の外に貼られた『本場四川省出身の料理人、陳さんによる担々麺をどうぞ！』の貼り紙がみじめにはがれかかって、まるでゴーストタウンにある店ようである。

リチャードは厨房で暇をもて余していた。この日、客はひとりも来なかった。今まで、客として来ていたリチャードがスタッフになってしまったので、そんな日はざらにある。買い物に出たきりなかなか帰ってこない波子に気を揉みながら、表に出てみると、外はすっかり暗くなっていた。

すると、車のヘッドライトがリチャードの顔を照らした。なかなかの高級車が走ってきて、店の前で停まる。助手席には波子がいた。運転席にいるのは、田島だ。波子が車から降りると、笑顔で手を振って高級車を走らせた。

深く頭を下げて見送っている波子の顔は笑顔だった。

この間まであんなに田島を毛嫌いしていたのにどういうことだ。リチャードが波子の真意を探るようにじっと見つめていると波子が振り返り、目が合った。波子はバツが悪そうに、そそくさと店内に入っていく。リチャードは主人を待ち疲れた老犬のように、波子に続いてとぼとぼと店の中に入った。

「……買い物帰りにたまたま会って、乗せてもらっただけ」

波子は厨房に入り、冷蔵庫に食材をしまいながら、ごまかすように言う。

「そういうときは、断ったほうがいいな」

リチャードは低い声で言った。

「……そうはいきません、お金を借りてるんですから」

「こつこつ返せば文句はないはず……」

すると、波子は「無理じゃないですか?」と目を細めた。能面のように冷たい表情を向けられ、リチャードは絶句した。そんな波子は、これまで見たことがなかった。

「お客さんが来たのは初めだけで、すぐ元どおり」

波子はあからさまに大きなため息をついた。

「グルメサイトに悪評がたくさん出た。誰かがネガティブキャンペーンをしてる、それが誰かは明白でしょう。この店をつぶしてあなたを手に入れるため……」

「それでも、料理が本物ならお客さんは離れません」

言い訳するリチャードを波子は見据えて、きっぱり言った。

「名前や評判だけでやっていけるほど、商売は甘くありませんよ……」

痛い言葉である。

詐欺師を生業にしてきたリチャードはいつだって偽者である。見よう見まねである程度まではやれるが、その場限りの表層的なものだ。すぐに逃げるからなんとかなっているだけで、長く続けていたらボロが出る。バレる寸前を見極めて瞬時に身を翻す、そこが勝負である。決してホンモノにはなれない。

哀しい顔をするリチャードを見て、波子は唇を噛んだ。

「ごめんなさい……私ったら、こんなによくしてくださってるのに……最低ね」

さっきまで怖い顔をしていた波子が、ふとまた表情を和らげた。この緩急に、リチャードの心は締めつけられる。

「でも……陳さんは、ずっといてくれるわけじゃない……いずれ去っていく人ですもの」

そのとおり。波子のことは気になるが、生涯この小さな町でラーメン屋を営んでいくには、リチャードは広い世界を見すぎていた。波子はそれを敏感に悟っていて、試すような態度をとっている。

「……田島さんのお話、お受けするしかないのかな……」

波子はさんざん考え抜いた末、仕方ないのだ、ああ、困った……という口ぶりで言った。波子は今、田島とリチャードの間で揺れている。まだ完全に田島の手に堕ちたわけではない。リチャードの覚悟次第では、こちらに戻ってくるかもしれない。こんな態度をとられたら、なんとしてでも止めなくてはと思ってしまう。

波子の横顔を見つめたリチャードは、意を決して白衣を脱ぐと、「ちょっとだけ店を頼みます」と言って、店を出た。


阿久津の別荘では、夜になってもなお勝負が続いていた。阿久津、ダー子、藪医者、広告屋、それぞれ疲れがにじんでいた。皆、席の脇に置かれたサイドテーブルの水に手を出す頻度が増えている。ただひとり、五十嵐だけがウホウホと元気がいい。脂ぎった顔が一段とテカっていた。

「レイズだ」と阿久津がチップを賭けると、ダー子が「……降りるわ」と言った。

「さらにレイズで」と、五十嵐はチップを賭ける。

「私も降りる」と藪医者。「同じく」と広告屋。

二人も降りたが、阿久津は粘る。

「コール、スリーカード」と強気だったが、うどん屋は一拍おいて言った。

「フラッシュです……なんかすいません！　こんなツイてる日もあるんですねえ！」

五十嵐はチップを総取りし、阿久津は頭をかきむしって「休憩だ」と立ち上がった。

それを合図に、ダー子たちも一斉に席を立つ。バーカウンターで腹ごしらえをするなど、おのおの気分転換を図る。五十嵐はカウンターでドリンクを飲むダー子の横に並び、得意そうに微笑んだ。二枚目気取りの五十嵐をダー子は無視。顔をぐいっと背けて、話しかけられないようにポケットからケータイを取りだすと、ＬＩＮＥを読むフリをした。

こういう微妙な仕草こそ、演技のしどころである。当然ながら、五十嵐はイカサマをしている。トレーニングを積んだ結果、見事なまでに成功していた。


敗北感に打ちひしがれながら〈おもかげ〉に戻ってきたボクちゃんは、「チクショー……」とつぶやくと、ケータイを取りだしちょび髭に電話をかける。

「ちょび髭さん……撤収だ、そこを引き払ってくれ……僕は茶器と首飾りを回収してから消える」

それだけを事務的に言うと、ケータイを切ったボクちゃんは倉庫へ向かった。明かりは消えて誰もいない。ボクちゃんはケータイのライトだけを頼りに倉庫の中を歩く。いろいろな家庭から預かってきた遺品の数々が並ぶなか、茶器の入った木箱と首飾りが飾られたトルソーも置かれていた。ボクちゃんはそれをやにわに抱えると、そのまま出口に向かった。

目には目を歯には歯を。やられたらやり返せ、といったところだ。ところが、ふいに明かりがつき、入り口に大口と公太が仁王立ちしていた。その二人の間には若葉がいる。いかにも、悪のトリオという雰囲気である。

「それ、どうする気?」

若葉に睨まれ、立ち尽くすボクちゃんのところへ公太がつかつかと歩み寄り、乱暴に茶器と首飾りを取り上げた。

「まさか身内に泥棒がいたとはね」

公太に言われてボクちゃんは反論した。

「……冗談じゃない……泥棒はあんたたちだろう! それだってあんたたちのものじゃない! あんたたちは亡くなった人の尊厳を踏みにじり、ご遺族を騙してる! この仕事を真面目にやってる人たちのことも貶(おとし)めてるんだ!」

ボクちゃんの言い分を若葉たちは黙って聞いていた。

「僕はやめる」

ここでダー子に何度も言い放ってきたフレーズが飛びだすとは……。そう思いながら、ボクちゃんは若葉たちの前を通りすぎた。

「待ちなさい！」

若葉の止める声がしたが、

「あなたの指図は受けない！」

繊細な若者が傷ついた、という感じを前面に押しだすことでその場の雰囲気を変えて逃げきろうとしたが、そう簡単にいくはずがなかった。大口は手にした棍棒を振り上げるとボクちゃんの頭を激しく殴打した。大口は酒が入っているのか、暴力的な本性が顔を出している。何度も何度も、容赦なくボクちゃんを殴りつけた。

全身の痛みで目が覚めたときには、倉庫の冷たい床の上に仰向けに倒れていた。激痛が走り、見れば、若葉が傷の手当てをしていた。

「……よかった……大丈夫？」

そう言ってボクちゃんの顔を覗き込む若葉の顔は、さっきの冷たい瞳が嘘のように、慈母の表情をしていた。

「ごめんなさいね、乱暴な子で。許してやって、お母さんがおしりぺんぺんしといたから」

おしりぺんぺん……ボクちゃんは殴られたショックで言葉の真意がわからない。とりあえず上体を起こすと、床にしゃがんだ。

「あなただって悪いのよ、あんなひどいことを言うから」

若葉は優しくボクちゃんの傷をなでる。

「ケンカ両成敗。こうやって腹を割って、ぶつかり合って、家族の絆は深まってゆくの。これからも助け合っていこうね」

若葉はボクちゃんに右手を差しだした。思わずボクちゃんも右手を出し、ふたりは握手した。

「いい子。はい、これ、あったかいミルク。ふーふー、あーん」

若葉は傍らに置いたカップをボクちゃんの口元に近づけた。ボクちゃんが戸惑っていると、「社長、ちょっと」と公太の声がする。

若葉は「飲んでね」とにっこり微笑みながらホットミルクの入ったカップをボクちゃんに手渡すと、倉庫から出ていった。

ボクちゃんは両手であたたかいカップを持って薄い膜の張ったミルクを見つめながら、がっくりとうなだれた。

「……最悪だ……」

海岸に近い静かな町で、波子とともに第二の人生を送ってみたい。

そう思ったことも嘘ではなかった。だからこそ、五千万が必要なのだと波子が言ったとき、それを労働で返済しようと提案したのだ。だがやはり、つけ焼き刃では通用しない。それを波子に指摘されてリチャードは現実に戻った。結局、自分はフェイクとして生きるしかない。フェイクというゲームによって大金をやりとりする。それがお似合いなのだ。リチャードは宿泊しているホテルに戻り、現金を用意すると食堂に戻った。

閉店間際に客がひとりやってきた。珍しい中年の女性客だ。担々麵を頼み、勢いよく食べると、さっさと出ていった。

「ありがとうございましたー」

この客が最後の客だと、リチャードは思いを込めて挨拶した。

できるだけ明るい声で客を見送ったリチャードは、暖簾と看板をしまい、厨房を片づけると、厨房の隅に置いておいたボストンバッグを手に奥の和室に入った。

波子がちゃぶ台に酒やツマミを並べている。いつものように閉店後の晩酌の支度である。ささやかな喜びを覚える目の前の光景を噛みしめながら、波子にバッグを差しだした。

「黙って受け取ってほしい」

波子は怪訝な顔で、バッグをそっと開けた。中は一万円札の束がぎっしり入っていて、
波子は目を丸くする。

「五千万ある」とリチャードは言った。

「ご主人の残したこの店を続けなさい」

「……いけません」

「いいんだ、もらってくれ」

「こんなのダメです！」

「波子さん、これは私がやりたくてやってるんだ」

「でも……」

「私はね、決してほめられた生き方をしてきていないんだよ……せめて人助けのまねごとがしたい。私のわがままを聞き入れてほしい」

波子の丸い目はリチャードに注がれたままだ。

「波子さん……もし……もし波子さんさえよければ……私はずっとここで……この店で、あなたと……」

リチャードが思い詰めたように言うと、波子が抱きついてきた。

「ありがとう、陳さん……ありがとう……」

顔をうずめて泣きじゃくる波子を、リチャードは強く抱きしめ、「……明日、ふたりで返しにいこう」と優しく言った。

結局、田島と同じやり方である。

金で波子の気持ちを買ったようなものだ。時間をかけて積み重ねる労働の技術と人間関係を金で短縮して手に入れる。

でも、それを誰が責めることができよう。別に悪いことではないのだ。リチャードだって短期間だが料理の勉強はしている。子猫にギャラだって払っている。人には人に合った生業がある。リチャードには詐欺師が適した仕事なのだ。それこそ神さまが与えてくれた天賦の才だ。それを使ってできる限りのことはやっている。

リチャードは波子の細い体を抱きしめながら、自分に言い聞かせた。

そしてその夜、リチャードは初めて波子の家に泊まった。ちゃぶ台を片づけ、布団を並べて敷くと、明かりを消す。そして、それぞれの布団に横たわる。リチャードの枕元にはボストンバッグが置かれている。

どちらからともなく、布団から手を出して握り合った。横を向くと、波子もこちらを見ている。その目は暗がりでも潤んでいることがわかる。

たまらずリチャードは波子の布団に移動しようとするが、

「まだダメ……」

波子は小さな声で制した。

リチャードはしつけのいい犬のように、すばやく自分の布団に戻る。そう、そこはゆっくりでいい。とりあえず、五千万を返してからで。

リチャードはそのまま満たされた気持ちで眠りについた。

だが、その安らかな気持ちはたった一晩で、見事に砕け散った。

朝、リチャードが目を覚まして隣を見ると、すでに布団が畳まれている。

嫌な予感がした。リチャードの枕元に置いた五千万の入ったバッグがないことに気づいたのだ。

よく見れば、仏壇に飾ってあった夫と息子の写真も消えていた。寝巻きのまま店を捜し回ったが、どこにも波子の姿はない。と、客席のテーブルの上に置かれた一通の封筒が目に入る。近寄って手に取り開けてみると、手紙が入っていた。

陳さん、ごめんなさい。……私、陳さんの優しさが怖いの……幸せすぎて怖いの。こんな幸せが続くはずない……いつかなくなる幸せなら、自分からなくしてしまったほうがいい……そうでしょ？

バカな女と許してください。陳さんと暮らした日々は、かけがえのない思い出です。

どうか、ふさわしい人と幸せになって。お金、ありがとう。

波子

リチャードは肩を落とすと、脱力したようにイスに座った。ふと、壁に掛かった鏡を見ると、その姿はいつも立ててるよう気をつけている骨盤が前傾し、背中が丸まっている。まるでヨボヨボの老人だ。

「哀れなものだな……リチャードともあろう者が」

リチャードは自嘲気味に笑った。

波子の手紙はもっともらしい文面ではあるが、リチャードにはすぐにわかった。波子は金を持って逃げたのだ。おそらく田島のもとに走ったのだろう。それくらいはわかる。なぜならこれは、リチャードがこれまでずっとやってきたことだから。

リチャードの推測どおり、波子はその頃、重いボストンバッグをものともせず、足取りも軽く近くの駐車場にたどり着くと、ポケットからリモコンキーを出して車の鍵を開けた。波子の服装はいつもの地味な雰囲気とは違い、颯爽としている。

先日、田島に送ってもらった高級車の運転席に乗り込むと、助手席にバッグを置いてサングラスをかけ、慣れた手つきで車をスタートさせると、猛スピードで朝日にきらめく海岸線を走り抜けていった。


阿久津の別荘でのポーカーは夜通し続き、朝を迎えた。最後まで流れは変わらず、五十嵐の前のチップが巨大な山を成していて、藪医者と広告屋はげっそりしている。心身ともにひどく消耗して、ひと晩で総白髪になった人がいるという話があるが、二人の精気は五十嵐に吸い取られてしまったようだ。

阿久津とダー子はまだなんとか精神力を保っていた。さすが若い妻がいるだけあって、元気はつらつ、カードをシャッフルして勢いよく配る……という演技を五十嵐が熱演しているると、阿久津は眠気覚まし代わりに落花生をポリポリ食べながら、横目でギロリとうどん屋の手元を凝視した。阿久津の足元には落花生の殻がうずたかく積もっている。

次の瞬間、電光石火のごとく阿久津が五十嵐の手を押さえた。今、まさに配ろうとしていたカードを持つ手を握られた五十嵐は目を剥く。藪医者も、広告屋もたちまち目が覚めたようにイスに座り直す。もちろん、ダー子も思わず前のめりになった。

「な、なんですか」

五十嵐の声はうわずっている。

「下から抜いたな」

阿久津はどすの利いた声で言ったが、五十嵐は「は？」ととぼけている。

「カードは上から順に配るんだ。お前は今、下から抜いた」

「嫌だなあ……ちゃんと上から配ってますよ」

戸惑う五十嵐の周りを、黒いジャージ姿の部下たちが音もなくとり囲んだ。彼らに阿久津は手短に命じた。

「うどん屋のカードを開け」

その場の空気がぴりりと引き締まった。五十嵐の額を汗が一筋伝う。

巨漢の部下が、うどん屋が自らに配った四枚のカードをめくると、すでにエースが二枚ある。一同の視線は一斉にそこに注がれた。

「エースが二枚……」

藪医者は飼い犬に手を噛まれたような表情でうどん屋を見た。

「で、次は何を配ろうとしてた？」

阿久津は五十嵐が手にしているカードを奪い、ひっくり返した。

「エースだ……」

広告屋はあ然とした。

「ぐ……偶然ですよ……俺は今日ツキすぎてるんだ！　いきなりエースが三枚なんて、こんなこともあるんですねえ！　イヤまいった！　ははは！」

五十嵐は汗をかきかき豪快に笑い飛ばしたかと思うと、サイドテーブルに置かれていた酒の入ったグラスを、羽交いじめにしようとする部下に浴びせ、ひるんだすきに席を立ってリビングの出口へと走る。メタボ体質のように見えてけっこうすばしっこい……と思いきや、あっという間に部下たちに捕まって、リビングに引き戻された。五十嵐は懸命に部下たちから逃げ回り、ダー子の背後に隠れようとする。だがそんなことをしてもムダだった。結局、捕まってボコボコにされた。腕に覚えのある部下たちは、うどん屋を容赦なく痛めつけ、締め上げると、手錠をかまして柱に拘束した。うどん屋はその場でうなだれる。

阿久津はふんぞり返ってその様子を見ている。ダー子は驚きのあまり立ち上がったが、なすすべもなくおろおろするばかりだ。藪医者と広告屋もその凄惨な様子に青ざめていた。明日は我が身である。

「残念ながら、うどん屋のチップは没収だ」

阿久津は冷たく言い放った。

「す……すまない……私が紹介した人間が……」

藪医者は身を小さくした。うどん屋に顔をつぶされ、巻き添えにあったらどうしようかと震えていたが、阿久津は意外や寛大だった。

「かまわんさ。没収したチップはみんなで山分けだ。さあ、続けよう」

だが藪医者はそろりと席を立つ。

「……私はこのへんで……今回はツキがなさそうだ」

「私も、体調があまり……」

広告屋もあとに続く。二人はチップを放棄して逃げるように別荘を出ていった。

阿久津は、立ち上がって一部始終を眺めていたダー子に訊いた。

「どうする？　続けるか？」

ダー子はしばらく沈黙したあと、広告屋のサイドテーブルに残っていたグラスを取ると一気に飲み干す。そして、腹をくくったという顔で席に着き、深く座り直す。

「やっと一対一の勝負ができるわ」

阿久津の目をじっと見つめると、落ち着いた手際で、五十嵐のチップを阿久津と自分の前に分けた。ダー子の肝の据わりように、阿久津は舌を巻きながら言った。

阿久津はカードの束をシャッフルし、ダー子と自分に配る。ダー子はその手元を穴が開くほどじっと見つめた。

「俺も一億。いい勝負ができそうだ」

「うどん屋さんのおかげで振りだしに戻った」

「姉ちゃん、一億ってところか」

「何かしらイカサマをしてると思ってたけど、結局、見抜けない」

そう言うダー子に阿久津は口角を上げた。

「そんなことしねえよ。これは運を楽しむゲームだろう?」

「運か……私ね、とっても運がいい人生だったのよ」

「そんな感じだよ」

「あなたに会うまでは」

そう言いながらダー子は手札をそっと確認する。

♣A
♥5

スリーカード。同じ数字が三枚。数字が小さいのであまり強くない。

「あなたを騙すつもりが騙されて、それからというもの何やってもダメ。占いも最悪。だから、あなたに勝ってとり戻したいの、お金も運も」

「そいつはどうかな。ポーカーも人生も同じだろう、いいときも悪いときもある。悪いときはジタバタしないほうがいい。運が巡ってきたら大きく勝負する」

「それが、あなたの強運の秘訣？」

「俺か？　さあ、どうだろうな」

阿久津はダー子の質問をいなしつつ、二枚を取り換えた。ダー子はハートの5を切って一枚取る。出たのはダイヤの2。

ダー子と阿久津の間に一瞬の沈黙が流れたが、ダー子はかなり早くに選択を下した。

「人生は短いわ。待ってなんかいられない……負け戦だとしても戦いつづけるしかない」

ダー子は手持ちの一億のチップをすべてベットした。

「オールインするわ。二億総取りか、オケラか」

うだうだ悩まない、ダー子のやり方を阿久津は称賛した。

「いいね……コール」

阿久津も一億のチップすべてを賭けた。

なんという大勝負。小物ぞろいの部下たちには想像もつかない決断である。ぽかんとしながら阿久津とダー子を見つめているだけであった。

ダー子の手札は3が三枚、エースが一枚、2が一枚。スリーカードのままだ。阿久津がカードを開くと、

♥K ♦K ♣K ♠10 ♠8

ダー子と同様、スリーカードだがキングだ。ダー子のカードの組み合わせより上だ。

阿久津は獲物を仕留めるハンターのような顔でそのカードをダー子に見せた。

「姉ちゃん、やっぱりツイてないようだな。キングのスリーカード」

阿久津はチップをかき集めようとすると、ダー子が無表情にカードを開いた。

 ♦3 ♣3 ♣A ♥A

フルハウス。同じ数字三枚と同じ数字二枚。

人気賭博漫画の書き文字のように、〝ざわざわざわ〟とリビングにノイズがひしめいた。

「スリーカードとフルハウス、どっちが強いんだっけ？」

ダー子はニヤリとした。そんなことは言われるまでもない。阿久津は一瞬目を剥いたあと、屈辱のあまり唇とカードを持つ手が震える。それから空いた片方の手で落花生の殻を強く握りつぶす。あまりの力に殻だけでなく中身も粉々になった。

チップを総取りしたダー子は、この世の春とばかりに「換金してちょうだい！」と大声で叫んだ。

ところが様子がおかしい。黒ずくめの部下たちは殺気をみなぎらせてダー子を囲んだ。

ダー子は、左右と背後に気を配りながら、優雅に微笑んだ。

「たくましい殿方に囲まれるのは嫌いじゃないわ。どんな楽しいことしてくれるのかしらッ！」

すると阿久津は部下を制して言った。

「やめろ、二億持たせてやれ。……お前の勝ちだ。行くがいい」

「ええ、そうするわ」

ダー子は立ち上がると、現金二億を詰めた重たいバッグを部下のひとりから受け取り、ひょいと肩に担ぐようにして歩きだした。

「じゃあね」

口笛を吹くような軽い口調で言うと、阿久津はすがすがしい顔を向けながら、

「見事五千万を取り返したな。大したもんだ、おめでとう。またいつでもおいで」

と、ダー子に拍手を送った。

その声に、ダー子は足を止める。

「……悔しくて泣きたいのにやせ我慢してる男の顔って好きよ」

「悔しい？　俺が？　なんで？　別に損もしちゃいないのに」

阿久津はキョトンとした顔になった。

「だってそうだろ？　その二億のうち、一億はお前の金だ。残りの一億のうち、半分はうどん屋たちのもの。で、残りの五千万が俺の元手だったわけだが、それも元はといえばお前がくれたもんだ。つまり俺は一円たりとも取られちゃいない」

阿久津は負け惜しみとは思えないほどいたって冷静で、それがダー子を刺激した。

「あんたも取られた分を取り返しただけ。お互いプラマイゼロだ」

これは挑発である。ダー子の負けん気が頭をもたげてきた。

彼女は大金を手にすることにはもちろんだが、相手を完膚なきまでに叩きのめすことにも至高の喜びを感じるのだ。このオラオラ系の阿久津が泣いてダー子に負けを認める顔を見るまでは勝負は終わらせられない！

などというダー子の思いに気づいた五十嵐が、必死でプルプルと首を振ってダー子に合図をした。挑発に乗ってはダメだと。案の定、阿久津はさらに畳みかけてきた。

「俺はあんたに礼を言いたいくらいだよ。こんなにゲームを楽しめたのは久しぶりだ。しかも他人の金でな」

ダー子の眉がピクリとなった。

「実に満足だ。ありがとうよ」

ダー子はテーブルにバッグから二億円をぶちまけた。五十嵐があちゃあ！となるがどうにもならない。手錠でつながれてなかったら飛びだしてダー子を止めたことだろう。

「金庫から二億持ってきなさい。もうひと勝負よ」

阿久津は思いどおりになったとばかりニヤリと笑い、部下に「取ってこい」と促す。すぐに部下たちが堅牢なジュラルミンケースを持ってきて、阿久津の前で開く。阿久津はきれいに並んだ二億円の札束を取りだすと、テーブルに積み上げてゆく。ダー子が預けた二億の山と合わせて、四億円の山ができ上がる。実に壮観であった。

拘束された五十嵐はただただダー子を見守るしかない。ダー子が勢いよくカードをシャッフルしていると、阿久津のケータイが鳴った。

「投資してほしい？　どうせまたチンケな儲け話だろ。わかったわかった、話は聞いてやる。ポーカーの最中だ、またかける」

手短に言うと、阿久津は乱暴に電話を切った。

「どいつもこいつも金儲けをしたがる。貧しいやつほど金に執着する。哀れなもんだな」

カードを配りながらダー子は言った。

「……あなたは違うっていうの？」

「投資は欲をかいたらできない。もっと儲けたい、取られた分を取り返したい。その執着が判断を誤らせる」

配られた手札を、ダー子と阿久津はおのおのそっと見た。

「金への執着、物への執着、人への執着……そういうもんが運気を遠ざけるんじゃねえかな」

黙って聞いているダー子の顔色を読むと、阿久津は訊いた。

「後悔してるのか？　帰らなかったことを」

ダー子の手札は、

♥A ♣A ♣K ♦K ♥4

ツーペア。同じ数字が二枚ずつ。手としては弱い。が……。

「……後悔はしない主義よ」

ダー子は不敵な顔を阿久津に向けた。

「いい手がきたようだな」

「どうやら運が戻ってきたみたい。ご利益かしら」

ダー子は首から下げてシャツの中に忍ばせてあったお守りを取りだした。おでん屋の大将から借りたあのお守りである。

「あなたと私、どっちが本当の強運か、はっきりさせましょう」

お守りを強く握るダー子を見て阿久津は眉をひそめた。

「……がっかりだねえ……運だのツキだのあんたそんなもん本当に信じてんのか？」

阿久津はあからさまに大きなため息をもらす。

「俺が強運の持ち主だと本当に思ってんのか？……がっかりだ……侮辱された気分だよ。お前は俺には絶対に勝てねえな」

そう言うと、阿久津はふいに遠い目をして自分語りを始めた。

「ガキの頃は貧乏でね……親父の会社はつぶれる、家は火事になる、仲間の悪事に巻き込まれて学校は退学……なんてツイてねえ人生なんだと思ったよ……グレて裏社会にまっしぐらさ。だが、そこで出会った人が教えてくれた……。ツイてないやつなんていない。成功する秘訣はただ一つ。やるべきことをやる。それだけだって」

「……やるべきことを……やる？」

「そうだ、有益な人脈をつくり、害をもたらすやつは切り捨てる。行動するときは前もって情報を収集し、あらゆる事態を想定して用意周到な準備をする。そうすりゃあ負けることはない。いい儲け話も自然と転がり込んでくるんだ。……俺は、俺の人生を自分の手で変えたんだ。そういう当たり前のことができねえやつが、運だのツキだのほざくんだ」

阿久津はそう言いながら、「神さま仏さま神さま仏さま……」とぶつぶつ必死に祈っているねじ屋の姿を思い浮かべていた。ああいう姿を見ると、嗜虐性（しぎゃくせい）が高まる。阿久津は徹底的にねじ屋をつぶしにかかった。もちろんポーカーでだ。

ねじ屋はろくに研究もせず、運に頼る傾向があった。賭け事の本質を知らずに、運まかせと思っている典型的な人物だった。

ねじ造りの仕事はコツコツ積み上げてきたのだから、それと同じであることになぜ気づけないのか。

「お守り握って神頼み、そういうのはクズだ」

阿久津は吐き捨てるように言った。

それを聞いてダー子は思い出した。タロット占いで「死神」が出たからとダー子の行動を止めたリチャード、おみくじが「大凶」だからとダー子を止めたボクちゃん。そんなふたりに、ダー子の言葉は届かなかった。

「占いだの、おみくじだの、そんなもんを信じて右往左往、ゴミみてえな連中ばっかりだよ」

ただ、それをゴミと断じる阿久津とダー子の間には深い川がある。

「俺に運を吸い取られるだ？　冗談じゃねえ、てめえがやるべきことをやってないだけなんだよ。そんなやつは負けて当然！　みじめな人生を送って当然なんだ！　お前も所詮はそういうクズのお仲間だったわけだ」

勝ちを目の前にした高揚感からか、にわかに口数が増えた阿久津の言葉を遮るようにダー子が言った。

「……それが人間よ」

阿久津は、あぁ？と小首をかしげた。

「不確かなものにすがりついて、右往左往しながら、懸命に前に進もうとする……それが人間だわ」

ダー子はもう一度お守りを握りしめると、４を捨てて、一枚カードを取った。強くお守りに念じながらそのカードを見る。ダイヤの３だ。手役は変わらない。

続けて阿久津がカードを三枚取り換えると、不敵な笑みを浮かべながら言い放った。

「だからお前らは負け犬なんだ」

勝ちを信じた瞬間こそチャンス。阿久津に少しばかりスキが生じた。ダー子はそっと袖の中に指を入れ、隠していたカードを引きだした。五十嵐が逃げだそうとしてダー子の背後に回ったとき、二枚のエースを受け取り、こっそり両袖に隠していたのだ。そのうちの一枚とダイヤの3をすり替える。そしてダー子は二億のチップすべてを賭けた。

阿久津は手札を確認し、「哀れだな」とダー子を一瞥すると、同じく二億のチップをオールインした。

「……その哀れな人間にひざまずきなさい」

ダー子は自信満々でカードを開いた。

「フルハウス」

続いて阿久津がゆっくり、カードを一枚一枚めくってゆく。テーブルの上のカードを見て、ダー子の顔がみるみる青ざめていく。

♠10 ♠J ♠Q ♠K ♠A

「ロイヤルストレートフラッシュ」

「イカサマだッ！　どうやった！」

こんな最強の手がそろうわけがない。頭に血がのぼり、イスが倒れそうなほど勢いよく立ち上がって吠えるダー子を部下たちが駆け寄って押さえつけた。

「落ち着けよ、イカサマとはひでえじゃねえか、何を根拠に言うんだ？　え？　うどん屋よりもはるかに手先が器用な詐欺師の姉ちゃんよ」

阿久津は限りなく上から目線でダー子に言った。

「あんたもやるべきことをやったが、十分ではなかったな」

四億の現金の山が、ジュラルミンケースにしまわれてゆく様子を見ながら、ダー子は悔しさをにじませ、強く拳を握った。

「……全部お見通し……私より……あなたのほうが……用意周到だった……」

「まあ、そういうことだ。あらゆる事態を想定しておく。たとえばこの別荘だってそうだ。万が一のために秘密の逃走経路をつくってある。それに危険が迫ってるときには、警察内部の友達が教えてくれることになってる。こういうふうに」

阿久津はケータイを取りだすと、届いたメールを見せた。そこには、警察が別荘の周辺をとり囲み、乗り込むタイミングを見計らっているという情報が書かれていた。実はダー子が事前に違法賭博が行われていることを、素性を隠してタレ込んでいたのだが、阿久津はその裏をかいていた。これまた、阿久津のほうが一枚ウワテだったわけだ。

阿久津はバーカウンターに入り、棚に作られた隠し扉を開けた。

「藪医者か、あるいは広告屋か……誰だか知らねえがタレ込んだらしい。達者でな、詐欺師の姉ちゃん」

阿久津を先頭に、ジュラルミンケースを恭しく抱えた部下たちが隠し扉の中に入るとドアは無情に閉まり、なんの変哲もないカウンターの棚に戻った。

やられた、と顔をしかめたダー子だったが、気をとり直して、拘束された五十嵐の背後に回り、手錠を外そうとした。

「ひとりで逃げろ！」

「ダメよ！」

すったもんだしていると、刑事たちが突入してきた。

「動くな！　賭博容疑現行犯！」

ダー子と五十嵐はあっという間に取り押さえられた。

五十嵐はようやく表情をうどん屋から五十嵐に戻すと、「……子猫だろ……こいつら、子猫なんだろ？」と隣で刑事に捕まっているダー子に訊いた。ところが、ダー子は押し黙ったままだ。

「ダー子ちゃん……？」

ここまでダー子が計算していたのかと思ったら、どうやら違ったようで、そのままダー子と五十嵐は、所轄の警察署に連行され、別々の留置所に入れられた。

五十嵐は力なく横たわったまま「腹減ったよ……飯くれよ、なあ」と夢遊病のようにつぶやきつづけている。酒とツマミだけでひと晩中、ポーカーをやっていたからエネルギーがすっかり切れている。

薄暗い留置場にひとり放り込まれたダー子は、放心状態で床にぺたりと座り込んだ。阿久津に負けたことが悔しくて、目は虚ろだ。そこに簡素な食事が運ばれてきた。バトラーが用意する豪華な料理とはかけ離れた粗食を見て、ダー子は泣き崩れた。

阿久津と駆け引きをしたレトロな喫茶店に、ケガの痕も痛々しいボクちゃんが慌てた様子で入ってきた。リチャードはすでに来ていて、アイスティーをすすっている。

「本当なのか……ダー子が捕まったって……」

ボクちゃんが訊くと、

「ポーカーの最中に踏み込まれたらしい……」とリチャードが答える。

「あのバカ……」

ボクちゃんは爪を噛んだ。

「とにかくここで待っててくれと言われたんだが」

そうリチャードが言ったとき、ダー子が店に入ってきた。

「ダー子……！」

すっかりやつれたダー子を支えようとボクちゃんは駆け寄った。

「ボクちゃん……リチャード……」

ダー子は潤んだような目で二人の顔を交互に見た。

「釈放されたのかい？」

「ニセの身分証持ってたから、出来心の哀れなOLと思われて、こんこんと説教されて帰された……」

さすがダー子。「よかった……」とボクちゃんとリチャードは胸をなでおろした。

「でも本物のおまわりさんてやっぱり怖いね……留置場も辛かった……ごはん少ないし、お菓子くれないし、エロサイト観られないし……」

「だから言わんこっちゃない」

そう言うボクちゃんの顔をダー子はまじまじと見た。

「ボクちゃんもひどい顔ね……」

「ああ……ツイてなくてさ、かなりやられたよ」

「リチャードは？」

「老いらくの恋心と、詐欺師のプライドをずたずたにされて、どん底の気分だ……」

「じゃあ三人とも落ちるところまで落ちたってことね……」

今まですっかり弱った顔をしていたダー子の目がキランっと光った。

「ってことで、結果を見にいきますか！」

背中を丸めて顎を突きだしていたダー子がしゅっと背筋を伸ばし、顎をぐいっと引いて、モデル立ちした。変身したようにすっかり別人である。

「ずいぶんと立ち直りが早いね」

リチャードは戸惑いつつ笑った。まあいつものことといえばいつものことではある。

ダー子はそんな指摘を意に介さず、「さあ、吉と出たのか凶と出たのか、レッツらゴー！」と、ポーズをとって出口へとまっしぐら。

その背中を見ながらボクちゃんは首をかしげる。

「……どういう人格なんだよ」

呆れながらもボクちゃんが追いかけようとすると、ダー子は思い出したように戻ってきて、テーブルに置かれたルーレット式おみくじに百円を投入した。コロンと出てきたおみくじをつまむと、レジで支払いをしているリチャードとボクちゃんのところへ走る。

第1章+第'2章

目に見えるものが真実とは限らない。

さあ、ここから先は何が真実で何が嘘かの検証である。


「解ッ散ッ！」と、ダー子がヒスを起こした数週間前。

ダー子の運が最悪だからと引き気味なボクちゃんとリチャードにダー子はクッションを投げつけ、「解散よ、解散！もっとも私たちはもともと仲間でもなんでもない！今さら解散もへったくれもないわ！　でもあえて言う！　解ッ散ッ！」とわめいた。ダー子のあまりの剣幕に、ボクちゃんとリチャードは呆れたように出ていった。そしてバトラーまでもいなくなった。

仲間はいなくなるわ、腹いせに蹴り上げたクッションが当たったシャンデリアは落ちるわと、散々な目にあったダー子だったが、気分転換に出かけたおでん屋で、阿久津に陥れられたねじ屋が行方不明になったことを知る。

その話に刺激されたダー子は、五千万円を奪われた阿久津へのリベンジを決め、子猫たちに依頼して徹底的に情報を集めはじめた。

床に紙袋をひっくり返し、あらゆるメモや写真に目を通しながら思考を整えていると、一枚の写真つきのメモが気になった。おそらくこれが重要なキーだ、そう思ったダー子は、モナコのケータイに電話をして使いを頼んだ。

モナコが調査している間に、ダー子はトランプのテクニックを磨いた。ほどなくして、モナコがマルチーズの子犬、エースケを連れてアジトのスイートルームにやってきた。

このエースケこそ、モナコがペディグリーペット詐欺を働いて初めてダー子に接触を試みたときに使った犬である。

「ダー子さんの一番弟子、モナコ、お使い行ってまいりました！」

「ご苦労！　エースケもご苦労～」

ダー子はエースケをわしゃわしゃとなで回した。ボクちゃんがいないので、エースケをいじるしかない。

「調べ上げてきましたよー！」

モナコは犬の散歩を通して情報を集めた。ダー子から渡された阿久津のデータの一枚である写真つきメモをポシェットから取りだす。そこに写っているのは五十歳前後の美魔女で、『昔の女？』と書かれていた。

「まず、この写真の女ですが、名前は渡辺若葉！　やはり阿久津の昔の女みたいです。今は、遺品整理の会社でかなりあくどいことやってます！　一億ぐらいはため込んでるって噂です」

モナコは勇んで何枚か隠し撮りした写真を取りだした。

「よく調べてあるじゃん」とダー子はモナコの頭をわしゃわしゃした。

「あと、面白いことがわかりました！　ねじ屋さんが昔、貢いだっていう女ですけど、どうもプロのハニートラッパーですね。ラーメン屋やって、寂しいおじさんたらしこんでお金もらって、いつの間にか消えちゃうっていう、いわゆるヤドカリの手口です。今は、海辺の町で網張ってます」

半目で資料を見ながら何やらしきりに考えていたダー子だったが、しばらくして、パチリと目を大きく見開いた。

「ハイ、いただきました」

かくかくしかじか、ダー子はモナコの耳に唇を近づけて作戦を授ける。モナコは、エースケをダー子に預けると、矢のようにホテルを飛びだしていった。

向かった先は、ボクちゃんがひとり就職情報誌を見ているファミレス。モナコはダー子に頼まれたメモをボクちゃんに差しだす。そこには、阿久津を釣るために、元愛人・若葉のやっている遺品整理会社に潜入してほしいとあり、その場所など簡単な情報が書いてあった。

「師匠に頼まれました。阿久津へのリベンジに協力してほし――」

モナコが言い終わる前に、ボクちゃんはメモをびりびりに破り捨てた。

「……なんだかんだ言ってもどうせ僕は協力すると思ってやがる……ふざけやがって、なめるのもいい加減にしろ……！　ダー子に伝えとけ、僕はお前の飼い犬じゃないって！　君もダー子に関わるな！」

ボクちゃんはいまいましそうに言うと、乱暴に席を立った。モナコはうなだれて、びりびりに破かれたメモを貼り合わせる。せっかく調べたのに……。

コンフィデンスマンとしては新米のモナコはダー子をいちばん尊敬しているが、ダー子とボクちゃんとリチャードのコンビネーションに感銘を受けてもいた。だからこそ、世界最強のトリオだと思っていた三人が、なぜか仲違いしていることに落胆していた。

ここで諦めるわけにはいかない。目に涙を浮かべながら落胆する様子を見せつけ、ボクちゃんの心変わりを狙う。偽りの涙ではあるが、ボクちゃんが仕事を引き受けないことが残念なのは確かだ。

すると、うまいことボクちゃんが戻ってきて「……やめろ」と止めた。

「阿久津にひどい目にあわされた人がたくさんいるんですよ……世界に誇る工場を騙し取られて自殺しちゃった人もいます……それでも立ち上がらないなんて……」

モナコは涙目で訴えた。

「そんなことやめろ」

ボクちゃんは、メモをつなぎ合わせているモナコの手を押さえた。

「師匠はひとりでもやりますよ！　師匠を見殺しにするんですね！」

モナコがボクちゃんの手を振りほどくと、ボクちゃんは静かに言った。

「……メモは残さないんだ……頭に入ってる」

「……え」

なにそれ、カッコいい。

そのまま黙ってファミレスを出ていくボクちゃんの背中をモナコは尊敬の眼差しで見つめた。それから思わず立ち上がると、「ボクちゃんさん！」とアイドルを呼ぶみたいに叫ぶ。周囲の目も気にせずに。

ボクちゃんは顔を真っ赤にして引き返してきた。

「やると決めたわけじゃないからな！　相手を見て、本当に悪いやつか確かめてからだ！……あと、〝飼い犬じゃない〟は伝えとけよ！」

　そうモナコに投げつけると、ボクちゃんはその場から立ち去った。なんだかんだ言って、結局、ダー子の仕事を引き受けてしまう自分を見透かされるのが照れくさいのだとモナコは思った。


　次にモナコが向かったのは、リチャードの行きつけのバーだ。ひとりで酒を飲んでいたリチャードの傍らにモナコが座り、ダー子からのメモを見せた。そこには、阿久津にリベンジするため、ハニートラッパーと接触してほしいという内容と、その人物の居場所や情報が簡単に記されていた。

「やれやれ、あれほどモナコを巻き込むなと言ったのに……どこまで往生際が悪いのか」

　リチャードはメモを丸めると、マッチで火をつけて灰皿の上で燃やした。

「運を失った以上、どうやったって失敗するのがオチだろうに。……モナコ、ダー子さんと距離をおきなさい」

　そう言うと、リチャードはゆっくり帽子をかぶり立ち上がった。帰ろうとするその背中にモナコは叫んだ。

「……メモは残さないんですよね！　リチャードさん、役得ですもんね！　お相手、きれいな人ですもんね！」

ボクちゃんから習ったコンフィデンスマンの鉄則〝メモは残さない〟がモナコには強烈に印象に残っていて、リチャードがメモを燃やしたとき、

ｷﾀ――（ﾟ∀ﾟ）――!!

と心が騒いでいた。

「大人をからかうな、そんな理由でやるわけじゃない！」

振り向いたリチャードは言葉では否定したが、顔はいささかニヤけていた。そんな彼を、モナコはぶんぶん手を振って送りだした。

「本気で惚れないように気をつけてくださいね！」

……というわけで、ボクちゃんとリチャードは、新たな人生を歩みはじめたわけではなかった。ダー子がもちかけてきた仕事のために、かたや遺品整理業者、かたや中華料理のシェフとして、オサカナ周辺に群がる人物のもとに潜入したのだ。

ボクちゃんは、〈おもかげ〉にスムーズに就職できた。破り捨てたメモによれば、〈おもかげ〉の社長・渡辺若葉はかなり悪どいことをやっている。裏の顔を知っていると、

〝庶民的なお母さん社長〟という皮をかぶった女豹にしか見えない。

朝、始業時間になると、まずラジオ体操。そろいの作業着を着て体を動かす。そのときの若葉もどこか強欲な色香が漂ってみえた。

還暦を過ぎた初老の大口と金髪の若者、公太もスネに傷をもつ身という印象だが、小物にすぎない。ここは若葉ひとりでもっていて、二人は完全に彼女の言いなりだろうとボクちゃんはふんだ。だからこそ、ボクちゃんのように素性が定かでない人間もあれこれ詮索されることなく、雇ってもらえたわけだ。


一方、リチャードは〈みなと食堂〉に潜入するため、まずプロフィールを固めるところから入った。リタイアして東京から海辺のホテル暮らし。いつかはこのへんに家を持とうかと探している、お金のありそうな初老の男――そんな人物像に説得力をもたせるために、わざわざサーフィンにまで興じた。こうして海岸近辺の住人やサーファーたちに顔を売りつつ、〈みなと食堂〉にせっせと通いはじめた。

あいにくラーメンの味はリチャードの口に合わなかったが、薄幸な雰囲気を身にまといながら、そのくせ気が強そうな波子は好みだった。

ラーメンのクオリティのせいで食堂はいつも客がいない。そのためすぐに店主の波子に顔を覚えられた。いかにもお金がありそうないでたちなので、目立つのもポイントだった。いつものように昼と夕方の間の中途半端な時間に訪れると、波子がケータイで話しているのが聞こえたので、店の外で聞き耳を立てた。

「一応スタンバっといてくれる？　金を貸してる地元の有力者のパターンで。うん、ようやくイケそうなのが引っかかったから」

誰か仲間がいるらしい。波子がケータイを切って皿洗いを始めた頃を見計らい、リチャードはたった今来たふりをして引き戸を開けた。

「こんにちは」

「あ、いらっしゃい！　今日は何にします？」

「じゃあ、みそラーメンを」

「はい、みそラーメン一丁！」

波子が「飛んで火に入る夏の虫」としてリチャードを見ていることは間違いない。これでいい。

波子のターゲットになるという第一段階は簡単にクリアし、満足したリチャードは、店内をゆっくりと観察した。

厨房の壁に赤いお守りがぶら下がっていた。神社の名前に目を凝らすと、この辺りの神社のものではない。東京の下町の神社の名で、ねじ屋の社長をたぶらかしたときにもらったものだと思われる。

ダー子のメモによると、ねじ屋は工場近くの神社に毎日参拝しており、お守りがたいへんご利益があるものだと思い込んでいた。そのお守りをもらった波子はねじ屋からまんまと大金をせしめることに成功したうえ、次なるターゲットである自分も見つけることができた。……おやおや、お守りは効いているんじゃないか？

リチャードがこんなことを考えているとは思いもせず、波子はラーメン一杯で粘るリチャードにときおり微笑みかけるなどして、感じのよさを振りまいていた。

リチャードも、そんな波子にすっかり参っているふうに装う。ただ、美しい、こんなところで埋もれさせるのは惜しい、といった気持ちがまったくないではなかった。

しばらく〈おもかげ〉で働いていたボクちゃんは、若葉の悪事を知り、そこから巻き込まれていく——これもダー子のシナリオどおりだった。

ちょび髭を助っ人に雇い、若葉をやり込めようとすることも、ボクちゃん独自の行動と思わせて実はダー子のシナリオである。ちょび髭が演じる男の父親が遺した莫大な財宝のありかを示す帳面をホンモノと思い込んだ若葉たちが躍起になって盗みだすというところまで、すべてダー子が考えた筋書きだ。

しかも倉庫で、ボクちゃんがボコボコに痛めつけられて「……最悪だ……」とつぶやくところまで。ここがボクちゃんにとって最大の難関であった。大口の本気の攻撃をボクちゃんはまともに受けなくてはならない。

本当の痛みを味わった結果、若葉が置いていったホットミルクは、心底しみた。人は弱ったときに優しくされると、ついほだされてしまう。危うく若葉の手下になってしまおうかという気持ちがフッとわいたが、すぐに打ち消すと痛みにこらえながら立ち上がり、足を引きずり引きずり事務所の様子をうかがう。

事務所のテーブルには、山盛りの落花生が置いてあり、それを若葉はむしゃむしゃ食べながら盗んだ帳面と地図帳を見比べていた。その両脇には大口と公太もいて、ときどき落花生をつまんでいる。若葉は落花生が好物のようで、ことあるごとに口にしており、ボクちゃんも何度かすすめられた。

やがて公太が、「金塊がある場所、わかりましたよ、この辺です!」と声をあげると、若葉は「偵察に行くわよ」と目を輝かせた。なにしろ帳面には、二百キロ近い金塊を埋めたと記してあるのだ。時価三十億のお宝だ。もちろん記したのはボクちゃんである。

「……すぐ行くわよ」と若葉は二人の部下を連れて飛びだしていった。それはボクちゃんが仕掛けた罠とも知らずに。ボクちゃんはにやりと笑おうとしたが、口を動かすだけでも全身に激痛が走り、痛さに涙が出た。

若葉と公太と大口が車を飛ばしてたどり着いたのは、海岸線沿いにある〈みなと食堂〉だった。

帳面によればこの裏に財宝が埋まっているらしい。店の外壁に貼られた「陳さんの担々麺」と書かれた貼り紙が海風で劣化し、はがれかかっている。なんとも寂れた雰囲気だ。店の看板には営業時間11時~9時とある。若葉の左腕に輝くやけに高級そうな時計は8時45分を指していた。まだ時間がある。若葉は、公太と大口を周辺の偵察に行かせ、ひとりで店に入ると担々麺を注文した。大口と公太を誘わないところに若葉のケチぶりが表れている。が、それが彼女をここまでにしたのである。

このとき厨房には、リチャード扮する陳がいた。子猫たちを使って商売繁盛を装った時期はとっくに終わっており、店はガランとしている。

リチャードは、せっかくプロに教わった担々麺の味もそのとおりには作らず、ややもの足りない味にしていたうえ、子猫に頼んで客が続かないようにもしていた。すべてぬかりなかった。

リチャードとしてはプロのレシピどおり本気を出して作ったとき、どの程度通用するものか、試してみたいところだったが、当然ながら任務の遂行を優先したわけだ。まずいわけではないが何かが足りない担々麺を食べながら、若葉は鋭い目つきで店内を観察した。初老の料理人と四十代前後の女。仲は良さそうだが、夫婦ではない、ワケありだろうとふんだ。

手短に担々麺を食べ終わり会計を済ませると、料理人が「ありがとうございましたー」と丁寧に挨拶した。外に出ると、周囲を偵察していた公太と大口が待っていた。

「目印は、裏の井戸よ」と若葉が言うと、「古井戸は残ってました。でも、忍び込んで掘るわけにはいかないっスね」と公太。

「二百キロともなれば、重機も必要です」と大口。

「店は流行ってなさそう……一億までなら出せるわ」

若葉はあのラーメン屋の土地を買って裏の土地を掘り起こそうと考えたのだ。

ダー子の考えた作戦は着々と進行し、一見関係のない者たちが投網にかかるように集まってきていた。

若葉を〝最後の客〟として見送ったリチャードは翌朝、波子にまんまと五千万を持ち逃げされ、うなだれる演技をしていた。店の壁の鏡に映る自分の顔を見て、「哀れなものだな……リチャードともあろう者が」とつぶやく、というところまで演技である。誰に見られるわけでもないのに、そこまでやるようにと、鬼演出家・ダー子は求めたのだ。とはいえ、半分、本心であることも否めない。どんな名演技であろうと、波子はリチャードを金づるとしか思っていなかったのだから。嘘から出た誠、真実の愛がフッと生まれる余地など、これっぽっちもなかった。そんな現実に少しがっかりしていると、〝最後の客〟の若葉が入ってきた。

「ごめんください」

「……すいません、今日は営業は……」

「いえ、違うんです。実はこの物件に興味がありまして、売りに出すご予定などないものかと……」

「……私は所有者ではないんです……持ち主を調べてお教えしましょう」

翌日、リチャードは若葉と連絡をとり、店の持ち主の連絡先を伝えた。若葉はさっそくその人物に会いにいった。大きな農家の一軒家に住むその人物を演じているのは、モナコである。モナコはいかにも地方都市のマイルドヤンキーといったピンクのジャージの上下を着て若葉を出迎えた。

莫大な価値のある土地の所有者が二十代前半と思しき女性であったことに若葉は面食らいつつ、これならすぐに丸め込むことができそうだと、たかをくくる。すぐに土地を売ってくれと切りだした。

するとモナコはぶ然とした表情で、

「このあたりの土地って、ほとんどじいちゃんのだったんスよ。でもお父さんとかバンバン売っちゃって、ホント先祖代々の土地とかどう思ってんの？って、まじウチぶちぎれて。天国でじいちゃん泣いてると思いません？　だから、ウチが相続してる土地は、絶対売らないっス」

見た目のチャラさと裏腹に、言っていることは真っ当だ。でもそれでは困るので「いくらなら……」と粘るが、「金じゃないんスよ、一億でも二億でも絶対売らねえ」とガンとしてゆずらない。

ところがそこは百戦錬磨の若葉である。しばらく考えた末、〈おもかげ〉に戻ってきた若葉は、大口と公太に経緯を報告した。

若葉の話を聞いて公太はいきり立った。

「なんでそんなやつばっかりなんスか！」

「粘ったら、あのガキ、六億なら売るとぬかしたわ」

若葉は自信満々に美脚を優雅に組み換えながら勝ち誇ったように言う。

「六億って、ふざけてる！」と公太。一億でも二億でも売らないが、六億なら売るというモナコの了見には呆れるばかりだが、売ってくれるのならしめたものだ。

「でも金塊は三十億よ……こんなチンケな仕事いつまでもやってらんないわ。私はね、何人もの大物が取り合った女なのよ！　ね、大口！」

「そのとおりです！」

これが若葉の口グセだ。十代の終わりから、銀座でホステスを始めた若葉は、その美貌であれよあれよという間にナンバーワンに上り詰めた。政界の大物から一流芸能人、ミリオンセラー作家まで彼女の心を射止めようと近づいてきたものだ。

大口は、当時は若葉の身の回りの世話をするおいしい役回りだった。だが、花の命は短く、若葉が年をとるに従って、バブル崩壊、リーマンショックと日本経済も勢いがなくなっていった。

暴力団の情婦となっていた若葉だが、その世界も厳しい。なんとか生き残るべく、それまでに貯めた資金で遺品整理業を始めた。パートナーとしてともに会社を運営しようと思っていた愛人、阿久津は、その金で賭博に手を出す危ない男で、そのうち若い女の従業員に手を出したので別れた。

「まだまだイケんのよ私は。絶対返り咲いてやる。借金してでも買うわよ！」

若葉は、真っ赤なリップを引いた口を大きく開けて落花生を口に運ぶ。阿久津と長らく一緒にいたため、彼の好物だった落花生が、いつの間にか若葉の好物にもなっていたのだ。落花生といってもなんでもいいわけではない。千葉のとある農家で穫れたものに限るのだ。

では、誰から金を借りようかと考えたとき、若葉の脳裏に真っ先に浮かんだのは阿久津だった。

若葉が阿久津のケータイに電話をすると、阿久津はすぐに出た。背後から何かざわつく音がする。大方ポーカーでもやっているのだろう。落花生を割っては食べている耳ざわりな音もした。

「投資してほしい？　どうせまたチンケな儲け話だろ」と気乗りしなそうな阿久津に、

「今度は違うのよ、あんたも私に感謝するはずよ」と若葉は強い口調で訴える。

「わかったわかった、話は聞いてやる。ポーカーの最中だ、またかける」

阿久津は別荘でいつもの落花生を食べながらポーカーをやっていた。そう、ダー子が一億円持参で参加した、あのポーカーゲームの最中だった。

ゲームはこれから、四億円を賭けたダー子との一騎打ちが始まるタイミングだった。

よりによってなんでこんなときに……と、阿久津はいら立つ。若葉は自分から関係を切ったくせに、何かにつけて金をせびってくる。うっとうしいと思いながらも、なかなか腐れ縁を絶つことができなかった。

最初に阿久津を拾ってくれたのが若葉だったからだ。


早々に電話を切られてむくれる若葉に、公太が「出してくれますかね」と訊ねる。

「シブチンだからねえ」と若葉は顔をしかめてケータイを睨んだ。

ボクちゃんはその一部始終を、隠れた場所で盗み聞きしていた。若葉と阿久津が接触したことを知ってそっと立ち去る。

ダー子のシナリオは滞りなく進行する。


翌日、若葉は都内のレストランの個室で阿久津と落ち合った。発掘した茶器と首飾りを見せると阿久津は顔色を変えた。

「これが出たってのか」

「どっちも間違いなく本物。金塊も必ず出る。土地ごと丸ごと買うしかないの。私が一億出す、あんたが五億。金塊は山分け」

「バカ野郎、五対一だろうが」

「私がもってきた話だろう、四対二」

「……相変わらず強欲だな」

「うだつの上がらないチンピラが、誰のおかげで出世できたのよ？　え？　いつもしょぼくれて、『ツイてない、運がない』が口グセの甲斐性ナシを私が教育したんだ、運なんて関係ない、やるべきことをやるかどうかだって。忘れたの？」

まるで母親のように振る舞う若葉が煙たく、「わかった、わかった、今日はちょっと稼いだしな」と阿久津は軽くいなした。

「またイカサマポーカーか」

「それが違うんだよ」

阿久津は昨日のポーカーの模様を若葉に話して聞かせた。

阿久津の手札は、

「手札は、スペードのジャックとキング、あとはカスだ。当然イカサマをするつもりでカスを3枚捨てた。だが何がきたと思う?」

阿久津は嬉しそうに若葉に話した。カードを開くとスペードの10、クイーン、エースだった。

「ロイヤルストレートフラッシュだ! 正真正銘の! 相手のほうはイカサマをやったのに、こっちはイカサマなしで勝っちまった! あのときの相手の顔は傑作だったよ!」

阿久津は昨夜の勝利がまだ忘れられず、勢いよく酒を飲む。

「すごいじゃない、あんたは今日ツイてるんだよ!」

「ツイてる……? お、俺が?」

「そうよ! あんたも私も今日はツイてんだよ!」

「俺はツイてる……! そうだ、俺はツイてるんだ!」

ふたりは酒を何杯もあおった。笑いが止まらない。

阿久津に、「運なんて関係ない、やるべきことをやるかどうかだ」と教え込んだのは若葉なのだが……。

その若葉が、「ツイてる」と大喜びすることの矛盾に二人は気づいていなかった。もっとも若葉が、「運なんて関係ない、やるべきことをやるかどうかだ」と言いつづけていたのは、その場のノリにすぎなかった。

「占いはいいことしか信じない」というのと同じで、好調なときは運がいいと思い込んで強気で攻めるし、何かとツイてないときは、運なんて関係ないと考える——何事も自分に都合のいいように解釈する。それこそが若葉の人生哲学であった。

ともあれ、ツイてると思い込んでいる二人は、高級車に乗って、ルーフ全開で大騒ぎしながら海岸線をぶっと飛ばし、大きな農家を訪れた。阿久津はキャッシュ六億円が入ったアタッシェケースをモナコに差しだし、「俺が買った。さっさとサインしろ」と迫る。実のところ何の価値もない〈みなと食堂〉の土地を買った二人が土地の権利書を持って意気揚々と帰ったあと、モナコがダー子のケータイに「まんまと阿久津と若葉、上機嫌で六億持ってきました！」と報告した。

何も知らない阿久津と若葉は再びルーフ全開で海岸線をぶっ飛ばして帰っていった。

エピローグ

五つ星ホテル・Ｇｏｎｄｏｒｆｆのスイートルームの入り口前。廊下の分厚い絨毯の上でダー子とボクちゃんとリチャードは、すーはーと息を整えていた。

「いくよぉ、結果発表ー！」

ダー子の号令とともに一気にドアを開け、三人はスイートルームに駆け込む。シャンデリアを修復した天井からは、無数のお札が万国旗のように掲揚されていた。

「キターーー！」

ダー子は無数の札の下をくぐって大はしゃぎ。

「ヤッホーー！　ウェルカムトゥマイホーム！　私の諭吉たちー！」

ダー子は愛用のマネーガン・キャッシュキャノンを撃ちまくる。天井から床まで札だらけ。お札にキスしたり頬ずりしたり、ボクちゃんやリチャードに浴びせたり……まるでリオのカーニバルのような喧騒だ。ボクちゃんとリチャードも躊躇なく歓喜の舞を踊った。

キッチンに近いダイニングテーブルのソファにはモナコとちょび髭が座っていて、「おかえりなさい」「先にいただいてます」と、完全復帰したバトラーが用意した料理を堪能していた。業者に頼んでシャンデリアを修復したのも、もちろんバトラーである。

モナコとちょび髭は立ち上がって、ダー子たちにグラスを手渡す。

「これで最初に取られた五千万、骨董品や土地の購入費、すべて戻ってきたうえに、当初の狙いだった金庫の三億も丸ごといただきましたー！

イエエエエエーイ！　ジャースティス！」

ダー子の音頭で、ボクちゃん、リチャード、モナコ、ちょび髭は祝杯をあげた。

未亡人食堂詐欺をやってる波子を使ってエサをまき、腐れ縁の若葉を使ってそのエサを阿久津のもとにもち込ませる。阿久津には、ポーカーでわざと大勝させて財布のヒモを緩めさせ、エサに食いつかせる。しかも、いい手を配ってあげて、今日はツイてると思い込ませた。ずいぶんと込み入った手口だったが、見事にハマった。

「結局、阿久津さんも運に踊らされたってわけ！」

愉快そうなダー子に、ボクちゃんも今度ばかりは「……見事だよ」と称賛せざるを得なかった。

「詐欺師とバレてる相手を釣り上げるなんて、さすがです！　天才すぎます！」

モナコは目をハートにしてダー子を称えた。

「そうみたい」とダー子は鼻高々で、バトラーを「いつもおいしいわ、ありがとう」とねぎらう。バトラーは黙ったまま、一礼した。スイートルームにはいつもの時間が戻ってきていた。

「でも、ボクちゃんも人が悪いっすよ、俺に全容を言わないなんて」

ただひとり、ちょび髭が口を尖らせた。

「悪かったよ、深く関わってちょび髭さんにまでダー子の災いが及ばないようにって思ってさ」

ボクちゃんは、本当か嘘かわからない言い方でごまかした。どのみち、うまくいったのだから、ちょび髭もあっさり水に流す。

「……ところで五十嵐さんは？」

ちょび髭は辺りを見回した。

「五十嵐？　あ、忘れてた」とダー子。

「そういえば、いないのか五十嵐！」といつもと真逆のセリフを吐きながらボクちゃんも辺りを見回す。

いつもなら、いても気づかないふりをすることがお約束だが、今日は本当に五十嵐はいなかった。阿久津の別荘で警察に捕まったままなのだ。

「彼は前科があるだろうから、しばらく入ることになるんじゃないか？」

リチャードはいかにも気の毒そうな顔をした。

「そうね……でも阿久津さんに殺されるよりはマシだし、刑務所のごはんてダイエットにいいし」とダー子は言いながら「これウマ！」とバトラーの料理を貪っている。ひとりだけわりを食った五十嵐のことを心配しているようには見えなかった。哀れ、五十嵐。

「しかし、波子さんはいい女だったなあ……」

リチャードはグラスを片手に、〈みなと食堂〉がある方角に向いた窓に近寄り、空を仰いだ。五十嵐のことはもう忘れていた。

雲ひとつない青い空の下、サングラスをした波子が上機嫌で高級車を走らせていた。

道端に田島が立っていて、愛想よく手を振る。車を停め、窓を開けた波子は開口一番、「シートの位置ずらしたら戻してって言ってるじゃない」と文句を言った。

「すいません！」

田島は大きな体を小さくする。田島が貫禄ありそうに振る舞っていたのも演技で、実は波子の手下だった。波子は、助手席に置いてあるバッグの中から五十万円ほどの札束を取りだすと、尊大な態度で田島に手渡した。

「こ、こんなにいいんですか!?」

「あのおじさん、まさかの五千万全額くれたのよ。お人好しもいるものねえ。前の工場の社長なんて五百万しか……」

波子がぶつくさ言うと、田島は困ったような表情になった。

「波子さん、これ……」

見れば、田島に渡した札束の大部分が白紙だ。

まさか!? 波子はサングラスを外すと、飛びつくようにバッグの中の札束を確認する。どれも同じく、束の上のほうだけ本物の一万円札で、下のほうはすべて札の大きさにカットされた白い紙だった。初歩的な手口にやられ、臍(ほぞ)を噛んでいると、フェイクの札束に交じって封筒が入っていることに気づいた。中を開けると陳からの手紙だった。

店の土地を使わせてもらいたくて君には出ていってもらった。三十万円ほど入ってる。それで勘弁してくれたまえ。

波子さん、あなたと店を切り盛りした日々は、実に楽しかった。これは本当だ。あなたはご自分のラーメンをまずいと言っていたが、なかなかどうして、意外と商売も向いてると思うよ。担々麺のレシピを同封しておく。

嘘ばかりの身の上話だが、旦那さんと息子さんの話だけは、本当だと信じる。地道に頑張ってれば、いずれ幸運も訪れるさ。

陳

手紙の二枚目は、担々麺のレシピだった。波子はふうっとため息をもらすと、助手席のパネルに目をやった。そこには仏壇から持ちだした夫と息子の写真が飾ってある。あのおじさん、なかなかの洞察力の持ち主だな、と波子はいろいろな意味で敗北感を覚えた。

「でも手の込んだハニートラップですよね、わざわざラーメン屋やって獲物がかかるのを待つなんて」

リチャードの少し残念そうな声を聞いて、ちょび髭が言った。

「意外と本心は、ラーメン屋をやっていくのが本望なのかもしれない。この人という相手と出会ったら、騙したりなんかせず、地道に店をやっていくんじゃないかな……ま、私はその相手ではなかったということさ」とリチャードが答える。

「やっぱり本気で惚れちゃってる」

モナコがリチャードをからかうそばで、ボクちゃんは若葉のことを思い出していた。

「阿久津と若葉は今頃、ありもしない金塊探して穴掘ってるのかな」

「阿久津が強運の持ち主なら、温泉か石油でも出るかもね」

そう言うと、リチャードはまた窓の向こうを見た。

その視線のはるか先に、海岸線沿いの〈みなと食堂〉はある。裏手では、阿久津、若葉、大口、公太が汗をかきかき穴を掘っていた。

穴はどんどん深くなるばかりで、「出ないわね」と若葉の声は焦りの色を帯びてくる。

「そう簡単に出るもんか！　もっと深く掘れ！　ここに間違いないんだ！　もっともっと！　掘って掘って掘りまくれ！」

阿久津が音頭をとってスコップを振り上げたそのとき、

「うわあッ！」

海岸線に大声が轟いた。


波子は、落胆しながら店に戻ってきた。もちろん陳はいない。

短い間だったが彼とふたりで店を切り盛りした記憶を思い出して、胸を疼かせたとき、
厨房の壁にさがったままの赤いお守りに気づいた。

そっとお守りを手に取るとぎゅっと握りしめ、失った数々のことに思いを馳せる波子。

何かを祈らずにはいられず、ガランとした店内に立ち尽くしていると、外で大きな叫び声がして、ほどなく泥だらけの男三人と女一人が、お互いを抱え合いながらよろよろ店内に入ってきた。裏庭を掘っていた阿久津と若葉、大口と公太である。

「死ぬかと思った……生き埋めになるところだったじゃねえか！」

阿久津が怒鳴り散らす。

「あんたが掘れ掘れって言うから！」

若葉も負けじとわめく。

「何も出やしねえ！　俺の五億返せ、この野郎！」

「私だって一億出してんのよッ！」

阿久津と若葉を公太が止めるが、ふたりは取っ組み合いを続けた。

だが、やがて疲れ果て、ふたりは店の床に大の字になって寝転んだ。

「クソォー！　やっぱり俺はツイてねえや！」と阿久津は両腕を伸ばした。

「お祓いにでも行ってこい！」

「お守りも買おう……」

ひとしきり騒ぐと、阿久津と若葉のやりとりを呆然と見ている波子に気づいた。

「……あんた何してんの？」

「……あなたたちこそ、人の店で何を……」

そこまで言って、波子の視線は公太に釘づけになった。彼女を置いて出ていったひとり息子だった。

「……お母さん？」

「……公太」

波子が手の中のお守りと公太の顔を交互に見た。

同じ頃、下町のおでん屋にはねじ屋の社長が久しぶりに顔を出していた。

「へい、はんぺんお待ち」

「んーこれこれ！　はんぺんもう一つ！」

夢中ではんぺんに食らいつくねじ屋に、大将は訊いた。

「社長、どこで何してたの？」

「新しい経営陣のやり方に反発して社員が大勢辞めて、俺ンとこに来てくれてね！　彼らと一緒に新しい工場を始めてたんだよ！　匿名の寄付もあったし、まだまだこれからさ！」

「てっきり死んじまったのかと……」

大将は、ねじ屋の元気な姿を見て、思わず涙した。

「そういや、あの姉ちゃん見ねえな、いつもはんぺん取り合った」

「ついさっき来たよ。借りたものを返しにね」

大将は神棚を見つめた。そこには、赤いお守りが飾ってあった。

「へい、はんぺんおかわり。それとマヨネーズ」

「冗談じゃねえよ、はんぺんにマヨネーズなんて」

「いいからやってみなって、固定概念にとらわれちゃダメ」

そう言って笑いながら、大将はたっぷりマヨネーズをかけてねじ屋にすすめた。

そういえば、あの姉ちゃんはよくこれを食べていた。すすめられたが、気がのらず、いつも断ってたっけ……と懐かしく思いながら、ねじ屋はひと口食べてみる。どうせ一度死んだようなものだから、新たなチャレンジも悪くない。

「うん！　うん！　うん！」

ねじ屋は満面の笑みで大将を見た。

「だろ！　だろ！　だろ！」と大将が目配せした。

はんぺんのつなぎの卵白とマヨネーズが卵つながりでなかなかうまい。こういうささやかで意外な発想が事業を発展させてきたことを忘れかけていた、とねじ屋は思った。

「阿久津さんは運なんて信じてないんだって。何事も執着するから運が逃げてゆく。やるべきことをちゃんとやれば、おのずと成功するってさ」

ダー子は、バトラーの料理をもりもり食べながら、阿久津の言葉をボクちゃんたちに伝えた。

「ふうん、一理あるな」

うむとうなずくボクちゃんに、ダー子が「そうかしら」と首をかしげた。

「人間、執着なんて捨てられないわ。大切なものに執着するのが人間。失ったものに執着するのが人間よ。執着して、幸運が舞い込むのをただただ願う……それが人間よ」

ダー子の言葉を聞きながら、ボクちゃんは遺品整理の依頼人たちを思い出した。

妻に先立たれた八十歳の老人と、父親を亡くした娘。ボクちゃんはふたりに手紙を送っていた。「ご遺品の正当な査定額です」と書いて、その金額の手形を入れて。彼らの亡くなった人への想いはホンモノだとボクちゃんは感じていた。それを金に換算していいものかはわからなかったが、少なくとも他人に踏みにじられるものではない。

「執着するから人間てかわいいのよ」

ダー子はもう一度繰り返した。

「そうかもしれないな……」

ボクちゃんも同意した。

なんだかいい話になってしまった。こういう話はこの三人には似合わない。リチャードが話題を変える。

「ところでダー子さん、今回すべて君の指示どおりにやってみたわけだが、よくよく考えると、私が波子さんに騙されたフリをするくだりは必要だったんだろうか……なんの意味があったんだ？」

　ボクちゃんもはたと気づいて言った。

「同感だ。お前の作戦はいつもムダが多い。僕にも茶器と首飾りを取りにいかせた。あれがなければ僕はボコボコにされずに済んだんだ」

「え、あれダー子さんの指示だったんですか？」

　ちょび髭が口をポカンと開けた。

「そうだよ」

　あの日、ボクちゃんはダー子に電話をかけた。留守電だったので「若葉のやつ、帳面を盗みやがった。一千万は取り損ねたけど、帳面は連中の手に渡った。僕はお役ご免だ。撤収する」と吹き込むと、折り返しでダー子からメールが届いた。

茶器と首飾りを回収して。元手かかってるんだから
「畜生……」

　ボクちゃんはうなだれ、しぶしぶちょび髭に電話をかけた。

「ちょび髭さん……撤収だ、そこを引き払ってくれ……僕は茶器と首飾りを回収してから消える」

　そして、若葉に見つかってボコボコにされたのだ。ボクちゃんが恨みがましい目つき

でダー子を見ると、

「ムダなもんですか。むしろ今回のいちばん重要なところよ。だからわざわざ……」

ダー子は反論し、さらに意外な事実を明かした。

メールを送信したあと、ダー子は〈おもかげ〉に電話をかけ、「近所の者ですけど今おたくの倉庫に不審な男が入っていきましたよー」と密告したというのだ。

それを聞いたボクちゃんは「……ちょっと待って……え……嘘だろ？」と動揺を隠せない。

「嘘じゃないよ、私だって自分で通報して警察に捕まったんだし」

「ええ!?」

ボクちゃんもリチャードもモナコもちょび髭も呆気にとられた。

「……なんで……」とちょび髭。

「なんでって、だって、私これだもん」

ダー子は壁に貼ってある、あの占いの紙を指さした。


疫病神来たり。

万事、災いあり。

欲出せば、必ず身滅ぼす。

底に堕ちぬ限り浮上せず

「つまり絶対に失敗するってこと。だったら、最初から計画の中に組み込んでおけばいい」

「……何を?」

リチャードにはまだダー子の真意が理解できなかった。

「失敗を。〝底に堕ちぬ限り浮上せず〟ってことは、一回どん底に落ちちゃえば、浮上するってことでしょ。ボクちゃんがボコボコにされ、リチャードが波子さんに騙され、私が逮捕される。そうすれば、ああ、どん底に落ちたなーって思うじゃん」

「思うって……誰が?」とリチャード。

「神さま?」とダー子はケロッと言った。

「神さま? ちょ、ちょっと待て……つまりお前は、運勢を変えるために自主的に失敗したのか?」

ボクちゃんは訝(いぶか)しそうな顔をした。

「神さまを騙すために……」

リチャードもポカンとしている。

神さまを欺くために、ボクちゃんは殴打され、リチャードは鏡を見て自嘲し、ダー子は留置場で泣き崩れる。ダー子はそういうシナリオを書いて、実行したのだ。

納得できるような、できないような……リチャードとボクちゃんは釈然としない思いでいると、ダー子はそのもやもやを晴らすようにパン！と手を打った。

「そういうこと！　はいリチャード、私の運勢！」

リチャードは言われるままにタロットカードをテーブルに広げてシャッフルし、一枚選んだ。

「太陽……幸運のカードだ」

太陽のもと、ひまわりが咲き、子どもが馬に乗って笑っている絵柄で、生命力、明るさ、創造力などを表すカードである。

ダー子は気をよくして、「先ほど引いた喫茶店の占いも……」と占いの紙を開けた。

大吉

「ジャーン。大吉であります！　見事、運が戻ってまいりました！　完全復活！　運を愛し！　運に愛された……」

得意げに胸を張るダー子をボクちゃんが制する。

「待て待て待て待て待て！　そんな素っ頓狂なことのために僕はボコボコにされたのか！」

「占いはあなどれないって言ったのあんたたちじゃん！　人類の英知だって！　だからそのとおりにやったんでしょう！」

「さすがです！」

モナコは祈るように両手を組んで、ダー子に熱い視線を注いだ。

「さすがじゃない！　結局お前は占いをバカにしてる！　悪ふざけがすぎる！」

殴りかからんばかりのボクちゃんを、リチャードが止めた。

「まあまあボクちゃん、ダー子さんらしいユニークな発想と思おう」

「リチャードはいいよ！　女といちゃついただけなんだから！　僕との差がありすぎる！」

すねるボクちゃんの頭を、ダー子が抱えた。

「痛かったわねえ、こんなボコボコにするなんてひどいねえ、よーしよーしよしよし！わしゃわしゃわしゃ！」

「やめろムツゴロウ！」

そう言いながら、ボクちゃんは気持ちよさと情けなさとが入り混じったような、複雑な気持ちになっていた。

ダー子はダー子で、エースケよりもボクちゃんのほうがわしゃわしゃし甲斐があると思っていた。でかくて手に負えないほうがやり甲斐がある。

「さあ、運が戻ってきたところで、またじゃんじゃんオサカナ釣り上げるわよー！　またいいオサカナを見つけたの！」

ダー子は柱に写真をばーんと貼りつけた。目ヂカラが強くて頭のキレそうな、でもさん臭さも満点の眼鏡をかけた男の顔があった。ダー子がオサカナ候補ベストテンをやったとき、十位にランクインしていた人物である。

「東南アジアの悪徳芸能プロモーター、ホー・ナムシェン！　私、日本のアイドルやるから、あなたたちプロデューサーね！」

「アイドル……ですか？」

ちょび髭は目をしばたかせた。

「曲もフリも考えてあるの！」

ダー子はソファに跳び上がると、ちょっとかわいらしい歌と振りを披露しはじめた。

「やめろやめろ！　キツすぎる！」

ボクちゃんはきつく目を閉じて耳を塞ぐ。リチャードも「さすがに無理があるんじゃないかなあ」と目をそらした。

だが、そんなことでやめるダー子ではない。

「モナコもおいで！　ほら！　おいでってば！」

とモナコの手を引っ張る。モナコもしぶしぶソファに乗っかり見よう見まねで踊りはじめた。

「モナコ、やめておこうか」

リチャードが止めた。次第にダー子に感化されていくモナコが忍びないのだ。

「絶対失敗する！　解散だ！　今度こそ解散！」

ボクちゃんの悲鳴はダー子たちの歌にかき消されてしまった。

ダー子は、あと何人か女の子を集めてアイドルグループをつくろうと考えていた。

もちろんセンターはアタシ。子猫ちゃんのひとり、鈴木(すずき)は絶対にポテンシャルがある。ほかに誰かいい子はいないだろうか……と子猫たちの顔を思い浮かべながら、頭の中でメンバーを構成する。

そこへ野太い声がした。

「D!A!K!O!　ダー子ちゃーん!」

いつの間にか五十嵐がいて、ペンライトを振り回し激しいオタクダンスをしていた。留置場暮らしで少しやせたせいか、心なしか動きのキレがよくなっている気がしないでもない。

「いたのか五十嵐!」

ボクちゃんとリチャードが同時に叫んだ。その声は少しだけ嬉しそうに弾んでいる。

五十嵐のダンスに合わせて散らばった紙幣が大きく舞った。

CAST

ダー子…………………… 長澤まさみ

ボクちゃん……………… 東出昌大

五十嵐…………………… 小手伸也

モナコ…………………… 織田梨沙

ちょび髭………………… 瀧川英次

・

リチャード……………… 小日向文世

GUEST

阿久津 晃 ……………… 北村一輝

韮山波子………………… 広末涼子

渡辺若葉………………… 中山美穂